Beatriz Parga

La maestra y el Nobel

GABRIEL GARCÍA MÁRQUEZ
Y SU DESCUBRIMIENTO DEL MARAVILLOSO
MUNDO DE LAS LETRAS

La maestra y el nobel

Primera edición: mayo de 2015

D. R. © 2015, Beatriz Parga

Diseño de cubierta: Raquel Cané

D. R. © 2015, derechos de edición mundiales en lengua castellana
excepto Colombia:
Penguin Random House Grupo Editorial, S.A. de C.V.
Blvd. Miguel de Cervantes Saavedra núm. 301, 1er piso,
colonia Granada, delegación Miguel Hidalgo, C.P. 11520,
México, D.F.

Comentarios sobre la edición y el contenido de este libro a:
megustaleer@penguinrandomhouse.com

ISBN 978-607-113-678-7

Impreso en México/*Printed in Mexico*

A Gabo, gracias por su confianza.

A Rosa Fergusson, la maestra inolvidable de Gabriel García Márquez.
Gracias por haberme enseñado que los sueños no tienen edad.

A Beatriz Carrizosa de Parga, mi madre y guía de mi juventud.
Gracias por haberme enseñado a perder el miedo y a tener confianza en Dios.

A mis hijos Carolina y Sylvia Bayón y David Spiegel. A Dave y Luis, y a mis queridos nietos William, Jackson y Joshua Barrows, Sofía y Mateo Fajardo. Gracias por iluminar mi vida con su amor, su sabiduría y sus sonrisas.

"La que me enseñó a leer era una maestra muy bella, muy graciosa, muy inteligente, que me inculcó el gusto de ir a la escuela sólo por verla".

Gabriel García Márquez

El olor de la guayaba
Conversaciones con Plinio Apuleyo Mendoza

"Cuando Gabito lea esto recordará, quizá sí con nostalgia, aquella feliz etapa de su vida, su Montessori, donde su profesora lo enseñara con tanto esmero y en donde él aprendió y se distinguió como el mejor alumno".

Rosa Fergusson

I

Un universo extraordinario

El mundo parecía retumbar como si una estampida de elefantes se acercara haciendo temblar la tierra bajo las botitas del niño y los enormes zapatos brillantes de su abuelo, un viejo alto con una boina de cuadros y traje de lino blanco.

—Papalelo, ya viene… ¡La tierra se está moviendo! ¡Mira mis pies! ¿También lo sientes? —exclamó el niño.

—Sí, Gabito, lo siento… Pero lo voy a sentir más si esta vez no viene lo que hace tanto tiempo espero —respondió el anciano mirando hacia la lejanía, donde el gigante de metal ya anticipaba su proximidad en medio de una fumarola espesa y gris.

El niño, de seis años, salía a diario con el abuelo a esperar al ruidoso gigante que siempre llegaba cargado de sorpresas, pero nunca traía lo que tanto esperaba el venerable anciano, siempre confiado en que algún día se produciría el milagro y, en el momento menos esperado, llegaría en el correo su anhelada pensión de veterano de la Guerra de los Mil Días.

Por fin apareció el tren, inmenso, colosal, envuelto en una espesa cortina de humo. A medida que se fue acercando, todos los espacios quedaron impregnados de un penetrante olor a aceite quemado. Resoplaba como un toro embravecido antes de hacer notar su presencia con un potente silbato. Minutos después se detuvo con un estridente chirrido metálico antes de que por las puertas surgiera una colorida multitud que parecía desorientada y ansiosa por explorar un nuevo mundo.

—Más forasteros... Nadie los invita, pero siguen llegando —se quejó el anciano visiblemente molesto.

El niño, en cambio, parecía fascinado mirando la variedad de personajes que descendían de los vagones: ejecutivos americanos con trajes de impecable lino blanco, aventureros europeos en busca de fortuna, ruidosos gitanos vestidos con ropas coloridas, además de la permanente caravana de mercaderes turcos con su preciosa carga de finísimas sedas, manteles bordados en lino y objetos exóticos.

—Papá, qué viaje más largo. Pensé que nunca llegaríamos... No sé por qué escogiste venir a este lugar tan lejano —protestó una joven norteamericana de pelo rojo que vestía un traje demasiado cubierto para el caluroso clima.

—No te quejes, hija. Aquí al menos hay trabajo y dinero. En medio de la crisis económica que se avecina en el mundo, antes de salir de Nueva York me enteré del cierre de un nuevo banco —explicó el hombre, un norteamericano robusto, de grandes bigotes y sombrero alón. Tenía una imponente presencia, con su traje con saco de doble abotonadura y corbatín. En el pecho sobresalía la cadena de su reloj de bolsillo y sobre el ojo derecho llevaba un monóculo enmarcado en oro.

Atrás del norteamericano descendieron varios europeos con cara de cansancio.

—Pronto se sentirán como en casa —intervino un turco con cara de conocedor de la región—. Aparte, esta lejanía se ha convertido en el mejor aliado de mis negocios. Yo aquí vendo desde vajillas inglesas hasta camisas filipinas y perfumes franceses. No se preocupen, aquí la van a pasar muy bien, y pronto ustedes también serán mis clientes —predijo con una sonrisa de bienvenida.

El abuelo y su nieto seguían de pie, a un lado de la estación, mirando con curiosidad a los pasajeros del tren. De pronto el niño pareció divisar algo especial.

—Papalelo, mira. Ahí viene el cartero —dijo con una seriedad poco común en un niño de su edad.

—¿Tiene algo para mí? —preguntó el viejo.

El hombre revisó la correspondencia que llevaba en las manos. Eran más de cincuenta sobres, de distintos tamaños y colores. Alguno con aroma de rosas, otros escritos con letras disparejas. El cartero sabía qué era lo que el viejo esperaba, y su respuesta fue la de siempre.

—Lo siento, coronel. No tengo nada para usted.

El niño había presentido esa respuesta camino a la estación, cuando pasaron frente a la ventana de la mujer más bella que había visto en su vida. Se llamaba Rosa, vivía en la cuadra frente a la casa de sus abuelos y a partir del lunes siguiente sería su maestra. Aparte de bella, la joven vecina visitaba con frecuencia a sus tías y en las tardes parecía desafiar los fantasmas cuando le contaba cuentos. Cada día, camino a la estación, Gabito, el nieto adorado del coronel, miraba furtivamente a la ventana esperando ver a la joven que se parecía a las princesas de los cuentos que sus tías le contaban.

El viejo observaba la curiosidad del niño, pero nunca dijo nada. Prefería concentrarse en la narración de las historias sobre su glorioso pasado en la guerra, en la que por su valentía le dieron el rango de coronel. En silencio, el niño escuchaba atentamente mientras dibujaba en su mente las imágenes de ese héroe que era su abuelo. Todas las mañanas, antes del mediodía, el viejo y el niño salían a caminar juntos. Desde hace tiempo se cubrían la cabeza con sendas boinas de cuadros, que coordinaban instantes antes de su paseo matutino. Algunos en el pueblo se preguntaban a dónde se dirigían cada mañana. Solamente el niño y el viejo lo sabían: la anhelada pensión del viejo llegaría un día. El sol empezaba a colocarse en lo más alto, cuando al mirar hacia el tren, el niño vio algo que le iluminó la mirada.

—Papalelo, mira… ¡Los gitanos! ¡Han vuelto los gitanos! —exclamó con emoción.

—Ya los veo, Gabito. Pero baja la voz —dijo el viejo mirando con desgano a los recién llegados, entre los que se destacaba un grupo de acróbatas, trapecistas, contorsionistas, titiriteros y payasos que bajaron del tren con gran fanfarria. Gabito sonreía mirando con curiosidad a un anciano flaco que halaba de una cuerda a un viejo tigre al que le faltaban los dientes; otros hombres exhibían dos monos y un ternero con dos cabezas.

—Mira, Papalelo, ¡mira!

—Gabito, no perdamos más tiempo… Recuerda que me habías dicho que hoy es un día muy importante —dijo el coronel haciéndole un guiño de complicidad a su nieto con el único ojo que veía detrás de los gruesos lentes oscuros que llevaba.

Gabito pareció volver a la realidad.

—Sí, Papalelo, vamos. ¡Hoy es un día muy importante! Se está haciendo tarde, ¡vamos a ver a mi maestra!

***

Rosa Fergusson se asomó a la ventana de su casa, sobre la avenida principal de Aracataca. Instantes después, sus dos hermanas, Isabel y Altagracia, se unieron a ella para ver pasar a los recién llegados. En cierta forma, las tres jovencitas acostumbraban espantar la monotonía con el descubrimiento de nuevas caras entre los forasteros que llegaban cada día en el tren.

—¡Qué barbaridad! Sigue llegando gente en el tren. Ya en este pueblo no cabe ni un alfiler —dijo Isabel con preocupación en la voz y apresurando a sus hermanas para salir a cumplir un gran compromiso en la plaza del pueblo.

Eran tiempos de crisis en la economía del mundo y mientras el trabajo escaseaba en todas partes, en contraste, en esa población perdida en el mapa abundaba el dinero con la bonanza de los cultivos y la exportación de banano de la United Fruit Company, empresa norteamericana que llegó a la región a principios del siglo XX, transformando el modesto caserío en una población pujante.

A Rosa le habían dicho mil veces que era la mujer más bella del pueblo. Aracataca, el nombre real de esa población vecina al mar Caribe, con techos de zinc que brillaban bajo infinitos cielos azules y sonaban como tambores cuando aparecían las lluvias descomunales. Éste era un lugar fantástico en el que de noche despertaban los espíritus y bajo la luz de la luna se perfilaban las sombras de brujas y fantasmas que parecían cobrar vida con el vaivén de las sillas mecedoras, donde los habitantes del pueblo se sentaban a compartir con sus vecinos historias de apariciones de ultratumba, duendes y seres escalofriantes. Pero mientras la maestra disfrutaba las historias extraordinarias que cubrían la noche con un manto de misterio, a Gabito esos fantasmas le impedían conciliar el sueño cuando intentaba acomodarse en su vieja cama de madera chirriante.

El pueblo quedaba envuelto en un manto de silencio hasta la salida del sol, cuando todos despertaban con el canto de los gallos y el aroma del café recién colado. Aracataca volvía a cobrar vida y parecía regresar a la normalidad hasta que, antes del mediodía, empezaba a trepidar la tierra y en medio de una estruendosa estampida, como en un acto de magia, surgía la enorme locomotora bufando sobre la carrilera del tren.

Rosa había visto crecer ese pueblo, y conocía a la mayoría de sus habitantes. Bella y popular en toda la región, desbordaba felicidad; su pelo castaño caía en ondas sobre la espalda y su esbelta figura se realzaba en un traje de seda blanco que ella misma había confeccionado con la ayuda de su mamá y sus dos hermanas, todas llevando lo mejor de sus roperos y hasta estrenando zapatos de tacón. Vestidas como para una gran ocasión, la madre y sus tres hijas parecían modelos de una postal parisina cuando, poco después del mediodía, salieron a la calle acompañadas por su papá, don Pedro Fergusson Christoffel, y su hermano Manuel, un adolescente serio y tranquilo vestido de saco y corbata, tal y como correspondía a la importancia del momento.

Faltaban pocos minutos para el acontecimiento que tenía a todos los habitantes del pueblo en movimiento, desplazándose rápidamente para presenciar la ceremonia de coronación de la Reina del Carnaval. En cuestión de minutos la plaza principal se fue llenando de hombres, mujeres y niños que iban rodeando la tarima donde ya se encontraba el alcalde, un hombre alto y delgado, de bigotes rectos, pelo engominado y cejas angulares, que saludaba a diestra y siniestra con habilidad de político experimentado. El sudor caía sobre las frentes de la concurrencia a pesar de la abundancia de sombrillas de colores que llevaban las damas, dándole a la escena un aspecto pintoresco. En medio de todo ese mar humano que celebraba a su reina, varios niños porfiaban por acercarse a "la señorita Rosa", que muy pronto se estrenaría como su maestra. No podían faltar los notables del pueblo, entre los que se destacaban el coronel Nicolás Márquez y su esposa, doña Tranquilina Iguarán, con las tías Elvira, Sara y Francisca, quien llevaba de la mano al pequeño Gabito, un niño de porte tranquilo y mirada inocente que desbordaba de orgullo al ver a Rosa acaparando la atención de todo el pueblo.

Rosa había conocido a Gabito poco después de su nacimiento, en una de sus vacaciones, cuando estudiaba en la Normal de Santa Marta.

Una tarde que hacía mucho calor y la joven salió a la calle buscando la refrescante sombra del almendro que crecía frente a su casa, se enteró por sus vecinas del alumbramiento de Luisa, la hija mayor del coronel. Feliz con el acontecimiento, Rosa fue a felicitar a la joven madre. Siempre diría que desde el primer momento el bebé la impactó profundamente y con el paso de los años el impacto sería mutuo.

La multitud aplaudió con entusiasmo mientras se escuchaban vivas a "Rosa, Rosa, Rosa", antes de desatarse un estruendoso concierto de acordeones, guacharacas y clarinetes, acompañados por el redoble de tambores de la banda local. El alcalde tomó la corona que descansaba sobre una mesa cubierta con un blanquísimo mantel, y con gran solemnidad la colocó ceremoniosamente sobre la cabeza de la bella jovencita, quien sonreía majestuosamente convertida en el centro de todas las miradas.

—Buenas tardes, señoras y señores. Todos ustedes, los habitantes de este pueblo progresista, me conocen. Soy Florido Pérez, alcalde de Aracataca. El único alcalde que ha tenido este pueblo a lo largo de las dos últimas décadas. Hoy estoy con ustedes para una gran celebración: la coronación de la Reina del Carnaval. Nuestra bellísima representante de las mujeres hermosas de esta región, Rosa Fergusson, es un orgullo para todos y hoy la estamos coronando por segunda vez como soberana de esta gran ocasión que tanto disfrutamos. ¡Que viva Rosa Fergusson! ¡Que viva el carnaval!

El público celebró la noticia con entusiasmo. Los aplausos parecían no tener fin. Entonces la reina hizo un suave gesto con la mano.

—Como representante de la belleza de la mujer de esta región, agradezco esta corona con una mezcla de humildad y orgullo. Es un honor muy grande. Pero además quiero aprovechar esta oportunidad para invitarlos a que lleven a sus niños al Montessori de Aracataca, que estará abriendo sus puertas el próximo lunes. Niños, no me fallen. Espero verlos en clase, ya que voy a ser su maestra —dijo con emoción.

—Aparte de nuestra reina, Rosa es la más bella maestra del mundo —interrumpió el alcalde.

De nuevo estallaron los aplausos y el público empezó a cantar un tema musical de moda con lo que dio comienzo la fiesta. A corta distancia, muy cerca de la tarima, doña Rosa se secaba el sudor con un pañuelo de encaje mientras, rebosante de orgullo, miraba la escena y las hermanas de la joven debutante se acercaban a abrazar a la nueva Reina del Carnaval.

La banda seguía tocando mientras el cielo comenzó a cubrirse con un manto gris, espeso como el humo. "Va a llover", pronosticó el alcalde. Sin desanimarse, la gente empezó a gritar a coro: "Que llueva, que llueva, que ahora hay que bailar, que caiga más la lluvia para poder *gozaaaaá*". Los goterones no se hicieron esperar, cayendo traviesamente sobre la concurrencia, que no se movió de donde estaba. Felices y mojados, todos siguieron bailando por horas hasta que la ropa se secó sobre los cuerpos bullangueros que interrumpían únicamente la fiesta para beber ron blanco y limonada; o para comer chicharrones y arepas que algunas vendedoras traían en bandejas y que los asistentes devoraron hasta la madrugada.

De mediana estatura, postura erguida y una sonrisa capaz de hacer brotar una flor en el desierto, la Reina del Carnaval proyectaba una gran seguridad en sí misma. Sabía que la corona que llevaba sobre su cabeza significaba una gran responsabilidad como representante de la belleza y las virtudes de las mujeres de la región. Por ser la segunda vez que la coronaban conocía los deberes de su investidura, así que repartió sonrisas, fue cariñosa con los niños y los ancianos, mantuvo a distancia el séquito de galanes que la pretendían y de nuevo repitió la hazaña de bailar hasta que se le gastaron las suelas de los zapatos.

II

La maestra es todo

Rosa despertó con el primer canto de los gallos. Le habría gustado dormir un par de horas más, pero anticipaba una dura jornada de trabajo. Las penumbras de la noche empezaban a ceder empujadas por una débil luz titilante cuando avanzó por el corredor de su casa hacia el patio trasero. Entró brevemente a una pequeña construcción de madera donde estaba el inodoro y después pasó a bañarse al pequeño espacio contiguo. Al entrar se quitó la bata de seda que llevaba puesta y la colgó de una enorme puntilla en el anverso de la estrecha puerta.

Casi como en un rito, se acercó a la palangana de agua vertiéndola lentamente sobre su piel. Como siempre, se sentía fría y muy refrescante, y a esa temprana hora hasta quitaba por un instante la respiración. Después, tomó una esponja y la hizo resbalar por su cuerpo. La blanca espuma del jabón empezó a deslizarse suavemente. Nada parecía interrumpir la intimidad de ese refrescante momento, pero como ocurría con frecuencia, un pequeño zumbido la devolvió a la realidad. ¡Zaz!, resonó el manotazo con el que pretendió matar a un mosquito. Contrariada por el minúsculo visitante que interrumpió su rutina diaria, se secó apresuradamente el cuerpo con una toalla blanquísima que quedó

19

impregnada de su aroma a suave lavanda y jabón de manzanilla.

Minutos después, la joven maestra salió vestida con una falda larga azul y una blusa blanca. De la cocina se escapaba un suave aroma a café, preparado por Domitila, una mujer risueña y diligente que llevaba varios años trabajando como cocinera y era considerada parte de la familia.

—Niña, no se vaya sin antes tomarse su café.

Rosa aceptó una taza pequeña y después de un par de sorbos salió llevando bajo el brazo un canasto en el que había colocado varios trapos para limpiar el polvo y una servilleta con cuatro panecillos recién horneados.

—Avísale a mamá que regresaré tarde, hay mucho que hacer —dijo antes de cruzar el umbral de la puerta.

Media hora más tarde Rosa había llegado a la escuela municipal. Con un pañuelo amarrado alrededor de la cabeza, y armada de una escoba hecha de hojas de bledo que agitaba vigorosamente, empezó a eliminar las telarañas que cubrían el cielo raso y las paredes del salón de clases. Después se ocupó de barrer el piso. Por último, humedeció los trapos que había traído de su casa y empezó a limpiar cada rincón, además de los pupitres y las sillas.

Enfrascada en su labor, no se dio cuenta cuando la madre de uno de sus alumnos entró al salón llamándola.

—Buenas tardes, maestra. Soy Alicia, la madre de uno de sus nuevos alumnos.

Rosa interrumpió su trabajo extendiéndole la mano a la recién llegada.

—Encantada de conocerla, bienvenida. ¿Cómo se llama su hijo? —preguntó enjuagándose con un pañuelo el sudor de la frente, y limpiándose la cara llena de polvo.

—Manolito. El mismo nombre de mi abuelo. Es un muchacho muy travieso, pero con muchos deseos de aprender —dijo la recién llegada—. Lo traeré a clases tan pronto pueda conseguirle un par de zapatos.

—¿Qué talla tiene? —preguntó.

—Lo tengo anotado en este papel —respondió Alicia sacando de su cartera un dibujo con la medida del pie, que entregó a la maestra.

—No se preocupe, mañana le llevo a su casa los zapatos.

—Usted es una mujer muy generosa. Gracias —observó dando una vuelta por el salón. Luego se detuvo a mirar cuidadosamente unos rompecabezas de madera que estaban sobre un pupitre. —Y esto, ¿qué es? —preguntó extrañada.

—Son unas tabletas muy especiales, de mucha utilidad para despertar los sentidos en los niños. Por ejemplo, mire esta figura incrustada en este panel. Tiene la suavidad del terciopelo. Ahora compárela con la figura que tiene a su lado, que es áspera porque está hecha con papel de lija.

La maestra estaba fascinada describiendo las tablas que tenía preparadas, así que no se detuvo.

—Aquí hay más —dijo mostrando un panel de madera con algunos pequeños saquitos. El de la izquierda tiene café, aquel otro lo llené con cáscaras de limón y hay otro con canela. Así van desarrollando el sentido del olfato —explicó.

La mujer no pareció sentirse impresionada.

—¿Con qué propósito? —preguntó.

—Hay que poner a los niños en contacto con el mundo que les rodea y que a veces no perciben porque no han aprendido a hacerlo. También se les desarrollan los sentidos del oído y el gusto. Pero más importante que todo, hay que desarrollarles la imaginación.

—¿La imaginación? ¡Qué tontería! Discúlpeme, pero es más importante que se den cuenta de la realidad que los rodea. Mire, maestra, la realidad es que estos niños solamente necesitan aprender a leer y escribir. Nada más. ¿Qué otra cosa pueden hacer en este pueblo aparte de trabajar como peones para la gran empresa bananera?

Rosa estaba indignada. Pero hizo un esfuerzo por no demostrarlo. ¿Acaso un niño de cuna humilde estaba destinado a vivir siempre en la pobreza? ¿Cómo era entonces posible que algunos que crecieron en situaciones extremas llegaban hasta donde nunca nadie había soñado? Rosa estaba segura de conocer la respuesta. Ella atribuía en gran parte ese cambio de la fortuna a una buena educación.

—El genio norteamericano Thomas Edison era un niño que tenía dificultad para oír, pero su mamá, que era también su maestra, creía en él. Y el pionero de las leyes de física cuántica, Albert Einstein, se demoró mucho en hablar y sus padres, preocupados, consultaron a un médico; uno de sus maestros dijo que nunca llegaría lejos en la vida, pero consiguió llevarle la contraria, ya que era rebelde y tenía mucha confianza en sí mismo. Los niños pueden llegar hasta donde quieran si no les cortamos las alas —explicó con entusiasmo. Los argumentos de la maestra no parecieron convencer a la visitante que, de salida, con una sonrisa, masculló:

—Seguro… ¡y yo también puedo llegar a ser la reina de Inglaterra!

A Rosa, sin embargo, nada la desanimaba. Estaba dispuesta a luchar contra la falta de fe de quienes no conocían el tema. Entretenida en estos pensamientos, siguió limpiando hasta que el salón quedó impecable. Organizó las mesitas con sus correspondientes asientos y marcó con su escritura perfecta los cuadernos de cada uno, con sus respectivos nombres. Finalmente, en una esquina colocó su mesa de trabajo con un pequeño florero como único adorno. Pensó que se acercaba el mejor día de su vida: el pueblo tendría un Montessori y ella sería su primera maestra.

Cansada de la larga jornada, pero satisfecha de la labor realizada, Rosa se encaminó hacia su casa. Al doblar una esquina vio que Alicia atravesaba una calle. Iba con paso rápido, y llevaba la cabeza cubierta con un reboso negro. Parecía que estuviese tratando de evitar que la reconocieran. Una hora antes le había dicho a Rosa que se dirigía a su casa, pero la vio venir de un sector no muy frecuentado por las familias honorables del pueblo. Rosa se preguntó qué podía llevarla por esas calles prohibidas.

Por fin llegó el anhelado primer día de clases. Rosa se levantó más temprano que de costumbre y al llegar a la escuela esperó sonriente la llegada de sus alumnos.

Algunos venían acompañados de sus padres y hermanos, otros llegaban con sus abuelos. Casi todos los niños se mostraban tímidos y con cierto recelo frente al reto de sentirse lejos de su entorno familiar; otros no podían evitar el llanto al ver que sus padres se marchaban. Atenta a los sentimientos de cada alumno, Rosa se acercaba y les infundía la confianza y la seguridad que necesitaban en ese momento tan trascendental —incluso traumático en ocasiones— en el que el niño se ve obligado a desprenderse del hogar para pasar el día entre extraños.

Gabito había crecido en un mundo de adultos, muy mayores, debido a que pocos meses después de su nacimiento sus padres se fueron a Sucre, dejando al niño al cuidado de sus abuelos. Sin embargo, las tías y parientas que vivían en casa se esmeraban en brindarle al niño la atención necesaria. Aparte, por su carácter reservado y formalidad, era el centro de atención familiar y todos se desvivían por contribuir en su crianza.

El primer día de escuela Gabito llegó de la mano de su madrina, Francisca Mejía. Lo habían peinado con linaza, se veía limpio y estrenaba zapatos. Llevaba puesto un trajecito verde que lo hacía parecer muy formal, vestido como para una gran ocasión. A Rosa no se le escaparía una observación, que le confió en secreto a su amiga, para que el niño no se sintiera avergonzado.

—Por favor, no me le vuelvas a poner esos pantalones a Gabito porque le quedan muy apretados y coge malas costumbres —le dijo al notar que el pantalón ceñía al niño en la entrepierna. Y agregó—: Él ya no cabe en esa ropa, ¡ésa es la talla de su hermano menor!

La rutina diaria de clases empezaba minutos después de que la maestra les ordenaba colocar las cabecitas sobre los brazos cruzados que reposaban sobre las mesas. Después, con los ojos cerrados, debían poner atención a todos los ruidos que escuchaban a su alrededor. Al abrir los ojos, cada uno iría describiendo lo que había escuchado: una gallina, un pájaro, una lora, el llanto de un niño… En otras ocasiones, el tema no eran los ruidos, y la maestra concentraba sus esfuerzos en ayudar a descubrir el mundo a través del olfato, reconociendo los olores.

—Ahora vamos a aprender algo nuevo. Pero antes, vamos a respirar profundamente: uno, dos, tres… Ahora, cierren los ojos y traten de "ver" a través de la nariz. Sí, no se rían… Respiren de nuevo y traten de reconocer los olores que hay alrededor.

Al preguntarle a Gabito qué olor percibía, su respuesta fue inmediata:

—¡Huele a guayabas! —contestó tímidamente demostrando que con su agudo olfato infantil había detectado las pequeñas frutas amarillas de incitante aroma que la maestra había colocado en una esquina de su escritorio para compartirlas con sus alumnos a la hora de la merienda.

—Yo siento olor a flores —replicó una niña de mirada traviesa refiriéndose a unos jazmines que tenía la maestra en un pequeño florero.

—Vas muy bien —respondió Rosa—. Pero te voy a enseñar una palabra muy linda para cuando te refieras al olor de las flores. En vez de "el olor de las flores" vamos a decir "el aroma de las flores", que es una forma más bonita y elegante. Ahora repitan todos: "el aroma de las flores".

Cada uno de los pequeños alumnos describía las fragancias circundantes mientras la maestra disfrutaba cada descubrimiento y progreso de sus discípulos.

Los ejercicios eran una adaptación del método de la educadora italiana María Montessori, que Rosa estudió al enterarse de que, desarrollando primero los sentidos de los niños, se pueden conseguir que alumnos incapacitados alcancen mejores promedios que los obtenidos por niños normales. Por último, vendría la clase de escritura.

—Fíjense bien, pongan mucha atención. Tienen que tomar el lápiz correctamente. Eso es de gran importancia porque si no aprenden a hacerlo bien ahora, lo van a hacer mal toda la vida —decía Rosa mientras caminaba por el salón vigilando la posición de los dedos de cada uno de sus alumnos al escribir.

—Vas muy bien, sigue así Gabito —expresó al pasar al lado de su pequeño vecino, sentado justo en el centro del salón.

El niño titubeó cuando la mano de la joven maestra lo rozó levemente al inclinarse sobre su espalda. Después Rosa tomó la pequeña mano de su alumno, colocando correctamente el lápiz entre los dedos pequeñitos al tiempo que con voz firme y muy dulce lo guiaba sobre la página en blanco.

—¡Gabito, qué bien te está quedando! Hoy vamos a hacer palitos, mañana unas bolitas y más tarde vamos a unir una bolita y un palito, y tendremos la A. Vas a ver cómo es de fácil. Vamos con cuidado y despacito para que te quede derecho ese palito, empezando siempre de arriba hacia abajo. Fíjate bien para que no te salgas de la línea. Así, muy bien, que la plana te quede linda y sin borrones. Recuerda que una buena escritura y un papel limpio siempre dan una buena presentación de tu persona —decía la joven maestra a medida que le ayudaba a su alumno a ir dibujando las primeras letras.

Sin responder, Gabito se dejaba guiar, sintiéndose feliz con la atención que Rosa le brindaba. A sus cinco años no podía entender esa sensación extraña que recorría su cuerpo frente a la presencia de su maestra. Rosa se había convertido en su gran motivación para ir a la escuela y en el estímulo para que en las tardes se esforzara en llegar a su casa a hacer sus tareas, siempre impecables, tal y como ella le había enseñado. Al levantarse para salir caminando hacia la escuela se sentía dichoso, anticipando que su maestra lo esperaría a la entrada del salón de clase con su sonrisa cálida y sus acogedoras palabras de bienvenida.

—A ver, niños, hoy vamos a imaginar que somos aves, sí, somos pájaros y vamos a volar. Todos en una fila, vamos a dar vueltas alrededor del salón. Abran los bracitos como si fueran alas, así, muévanlas suavemente. Imagínense que viajan lejos, por encima de los árboles y los ríos. ¿Ven qué hermoso es todo allá abajo? Arriba están las nubes, parecen copos de algodón sobre el cielo azul —observaba en medio del alborozo de los niños.

Después de algunos minutos, Rosa anunciaba que ya se había terminado el vuelo, y regresarían a ser "unos niños formalitos" en clase.

—Ahora son de nuevo mis alumnos. Ríanse, sí, ríanse mucho, ja ja ja. Ahora marchen como soldaditos, fíjense bien cómo lo hago. Muy bien, marchen todos moviéndose al mismo tiempo —decía la maestra, animando a la alegre tropa de niños risueños.

Instantes más tarde, se detenía como frenada por un rayo:

—Todos quietos, vamos a cambiar de juego. Vamos a caminar sin hacer ruido, muy calladitos. Muy suavemente corran los asientos y se sientan, que no se escuche nada. Y cuando estén sentados, coloquen de nuevo sus cabecitas sobre los brazos cruzados. Ahora cierren los ojitos; vamos a descansar por cinco minutos.

Gabito era un feliz participante en esas aventuras de la maestra a través de los sentidos. ¿Cómo no disfrutar de las clases? Era como si despertaran para apreciar el canto de las aves, las serenatas de las chicharras, el croar de los sapos, la brisa traviesa que precedía la llegada de una tormenta. La sinfonía de la naturaleza se complementaba con la suave fragancia de las frutas tropicales, el olor de la tierra al caer la lluvia. No podía faltar el tacto, ese mundo que aprendían a conocer a través de los dedos mientras —con los ojos cerrados— comparaban la diferencia entre frutas de suave textura, como el mango y la guayaba, con la contrastante aspereza de las cortezas del coco o la piña.

En algunas ocasiones la maestra caminaba a la escuela con Gabito a su lado. Casi siempre la maestra hablaba y él la escuchaba o le hacía preguntas. Otras veces, la maestra aconsejaba: "Tienes que tener una buena letra y esmerarte al escribir, Gabi. Fíjate, tú le escribes una carta a alguien que no te conoce, y por tu letra puede formarse una buena o una mala opinión sobre qué clase de educación tiene la persona que escribió y hasta calcular su edad".

A veces en su recorrido, la maestra se detenía en casa de alguna vecina que les brindaba leche tibia o con el carpintero al que le había encargado unas tablas de madera sobre las que había dibujado figuras de animales, colocándoles plumas, terciopelo y papeles muy variados, desde la seda hasta la lija, para que sus alumnos hicieran comparaciones al tacto. Como no había fondos en ese momento, Rosa se ocupó de pagar la cuenta con su salario.

Los niños tenían además un ejercicio favorito. Era aquél que les permitía explorar el universo del gusto, con su extraordinaria variedad de caramelos de diferentes colores y sabores, además de recorrer los matices disponibles para el paladar, de los sabores salados a los ácidos y los amargos. No podía faltar el sinsabor característico del agua fresca de lluvia, tan distinto de la que se filtraba en una tinaja de barro o la que había sido hervida sobre la estufa. Para la maestra cada pequeño detalle significaba una victoria de la inteligencia a través de la imaginación y el conocimiento.

En ocasiones, cuando Rosa trabajaba hasta tarde preparando el material didáctico, infaltablemente encontraba el apoyo compasivo de alguna mujer en el vecindario que tocaba a la puerta del aula con un vaso de limonada o una taza de café.

Más de una vez, sin embargo, se sorprendió de nuevo al escuchar que alguien le decía:

—Maestra, no trabaje tanto; usted se esfuerza demasiado. Aquí los chicos casi no necesitan estudio. No es mucho lo que este pueblo les puede ofrecer. Recuerde que estos niños nunca serán doctores.

Esos comentarios eran como un latigazo para la maestra. ¿Cómo era posible que las propias madres de sus alumnos no tuvieran fe en el futuro de sus hijos? Infaltablemente, esas palabras se convirtieron en un desafío.

Cada vez, la respuesta de Rosa siempre fue la misma.

—Mis alumnos pueden conseguir en la vida lo que se propongan. De mi clase no solamente podrán salir doctores, sino a lo mejor hasta un premio Nobel.

Ya en la noche, antes de que el sueño llegara, Rosa creía tener el antídoto contra la pobreza y el subdesarrollo. "Como maestra, puedo significar una diferencia en las vidas de estos niños. Es una realidad que este pueblo humilde está lejos de la civilización, y que los padres de mis alumnos no tienen educación universitaria, pero yo me comprometo a trabajar para que tengan igual educación que los niños de las mejores escuelas de los países más adelantados", pensaba imaginando a sus alumnos como titanes del saber.

"Yo soy como el viento y mis niños una cometa. Si el viento sopla con fuerza, el papalote subirá muy alto".

III

El reencuentro

"El corazón no envejece", pensó Rosa al recordar las ya lejanas glorias de su juventud que en su mente se mezclaban con la nostalgia de los acordeones y el palpitar de los tambores mientras sus pies bailaban sin descanso el tema musical del momento. Ya no caminaba tan liviana como una pluma por las calles de Aracatata. Casi medio siglo después, su andar era pausado en esa mañana fría y en un nuevo escenario: nada más y nada menos que la capital del país. El sol brillaba tímidamente sobre el altiplano bogotano reflejándose en las ventanas de los nuevos edificios y en las gotitas de rocío que aún cubrían tímidamente los delicados pétalos de los rosales simulando una escarcha de cristales de cuarzo sobre el tapiz verde de los prados. De vez en cuando saltaba una ranita traviesa o aparecía una rosada lombriz arrastrándose hacia un incierto destino al cruzar la diminuta zanja de tierra húmeda entre los jardines y el frío cemento de la acera.

Rosa se entretuvo en los contrastes entre la primavera fresca de la metrópoli en lo alto de la cordillera de los Andes y el paisaje de antaño, ese tan inolvidable de Aracataca, caluroso, polvoriento y lleno de sonidos, con chicharras monumentales y aves de colorido plumaje en medio de una naturaleza saturada de aromas tropicales.

Llena de emoción, recreaba en su memoria los recuerdos mientras caminaba hacia la peluquería del barrio donde esperaba rescatar un vestigio de su esplendor de antaño.

Un par de horas más tarde salió del salón de belleza con el aspecto rejuvenecido por el color de la tintura de un castaño intenso, las uñas pintadas del rojo de moda y sintiéndose tan fresca como si por arte de magia se hubieran evaporado los largos años transcurridos desde aquellos recuerdos juveniles que atesoraba en su corazón.

Tenía planeado ponerse su mejor traje de dos piezas, estrenaría zapatos y se había comprado un nuevo crayón de labios, el rojo vino tinto que la favorecía tanto. Estos preparativos se justificaban por un acontecimiento especial que había anticipado durante toda la semana con la ansiedad con la que una quinceañera cuenta los días para la fecha de su primer baile.

Por fin, rondando las cinco de la tarde, se encontraba frente a la antigua fachada de piedra del teatro Colón que se vestía de gala para el estreno de la adaptación escénica de *Los funerales de la Mamá Grande*, cuyo autor era Gabriel García Márquez, uno de sus primeros alumnos en el Montessori, ahora convertido en un escritor de fama internacional.

Con una vanidad femenina impermeable al paso del tiempo, observó su reflejo en los cristales del ventanal de una panadería. No pudo evitar un suspiro. La mujer que siempre se creyó invencible frente a las barreras y convencionalismos de su época empezaba a descubrir que el tiempo no pasa en vano. Su pelo ya no caía sobre la espalda como una cascada con brillo de estrellas, sus ojos carecían de la explosión de vida de sus años juveniles y el óvalo de su cara había perdido la definición que tanto le ponderaba el gitano que cada año llegaba al pueblo con una cámara nueva, empeñado en que posara para sus fotografías. Sin embargo, a sus sesenta y tantos años, bien llevados y nunca confesados, Rosa era todavía una mujer atractiva y en cualquier escenario social difícilmente pasaba inadvertida. Menudita, con cerca de un metro y medio de estatura, se adivinaba algo especial en su presencia, en su porte y en sus ojos cafés, que además de ser muy expresivos dejaban asomar una mezcla de sabiduría y dulzura.

Miró el reloj, comprobando que había llegado con tiempo de sobra; aún faltaban más de diez minutos para la cita con su hija Álida, que había decidido acompañarla en esa ocasión tan especial. Mientras tanto, disfrutaba el preludio de la gran noche que se anticipaba, saboreando cada detalle, desde los saludos eufóricos de quienes, como ella, habían llegado temprano a esa fastuosa recreación en el escenario, hasta los carteles que en las paredes anunciaban la obra, con el nombre del escritor en letras grandes: Gabriel García Márquez.

Entretenida con lo que pasaba a su alrededor, de pronto vio que se acercaba con paso lento un hombre de bigotes espesos que llevaba puesta una chaqueta de cuadros. Se aproximó sin prisa, pasó a su lado, la observó por un instante, y volvió a alejarse. Muy cerca, un grupo de damas muy elegantes, con abrigos de colores oscuros y cuellos de piel, conversaba a corta distancia. Peinadas de peluquería, llevaban sus mejores joyas y se saludaban con gran alegría, celebrando la ocasión que las reunía. Creyó reconocer a una de ellas, pero sin estar segura, desvió su atención hacia la puerta de entrada. Entonces, vio que otra vez venía hacia ella el caballero de bigotes y saco de cuadros. Pasó a su lado examinándola de pies a cabeza y se alejó de nuevo.

¿La había detallado con desmedido interés ese hombre misterioso?, se preguntó. Le pareció que llevaba un destello de luz en su mirada. Tal vez había querido decirle algo… Rosa trató de hilvanar todas las posibilidades que se le cruzaron por la mente. Después se dijo que posiblemente la había confundido con otra persona. Volvió a pensar en la obra de teatro que vería minutos más tarde en escena, y con cuánta ansiedad la esperaba.

Por su memoria desfilaron las imágenes del niño que con paso rápido caminaba a su lado en el pueblo de su juventud, caluroso y sin pretensiones de grandeza, en contraste con el ambiente selecto en el que ahora se encontraba. Bastaba con mirar a su alrededor para darse cuenta del largo camino recorrido y los obstáculos vencidos.

Miró el reloj de nuevo. Las manecillas señalaban las cinco y treinta de la tarde y el público seguía llegando, amontonándose a la entrada del teatro. Aún era temprano, y gracias a su hábito de la puntualidad, siempre tenía tiempo de disfrutar los preámbulos de cualquier evento al que asistiera, desde una boda hasta un funeral. Así podía palpar el ambiente, observar cómo iba vestida la gente, ver lo que nunca ven aquellos que siempre llegan tarde a todas partes. Por eso, a pesar de que aún no se abrían las puertas del Colón, ella tenía el privilegio poco común de disfrutar cada momento y cada detalle, sin prisas.

Un viento frío la hizo regresar al presente y decidió moverse un poco hacia la puerta buscando protegerse para evitar un resfriado. Tampoco quería que la brisa la despeinara. "Ojalá no llueva", se dijo, mirando al cielo que empezaba a cubrirse de negros nubarrones. Pensó en cruzar la calle para cerciorarse si su hija había llegado cuando, casi con sorpresa, vio acercarse de nuevo al hombre misterioso. Ahora sí no tenía ninguna duda; no era por casualidad que el misterioso personaje pasaba a su lado. Sin embargo, esta vez él no siguió de largo. Se detuvo frente a ella mirándola con una expresión muy segura.

—¿Es usted Rosa Fergusson?

Ella se perdió por un instante en esos ojos oscuros y varoniles enmarcados por unas espesas cejas negras. Cuando se cruzaron sus miradas, sintió que su corazón parecía un caballo desbocado. Con sorpresa, acertó a decir:

—Sí, soy yo, tu maestra.

Había perdido la cuenta del tiempo que llevaba esperando ese momento. Era Gabito, como lo llamaba ella, aunque le había costado mucho trabajo reconocerlo. A fin de cuentas, dejó de ver a su alumno cuando era un niño y solamente volvieron a encontrarse cuando después de muchos años fue a visitarlo, por unos pocos minutos, a la redacción de *El Espectador*, donde él empezaba a ganar nombre como reportero. En ese entonces era un joven flacuchento de bigotes y pelo alborotado, pero ahora lo tenía al frente convertido en un hombre maduro y famoso en el mundo de las letras. Sorprendida, se dio cuenta de que aun mirándolo de cerca, resultaba casi imposible rescatar la última imagen que había quedado grabada en su memoria.

El escritor la miró inquisitivamente, tratando de disimular su sorpresa. En medio de ese mar humano que esperaba a la entrada del teatro, esa mujer había encajado de alguna manera en el archivo de sus recuerdos. ¿Cómo olvidar jamás a la bella joven que, aparte de enseñarle a escribir en su niñez, había despertado en su interior un cosquilleo que años después identificaría como lo más cercano al enamoramiento? Parecía increíble que hubieran transcurrido alrededor de cuarenta años desde aquellos días inolvidables en el Montessori de Aracataca, pero cuando a lo lejos vio su figura a la entrada del Colón, se sintió imantado por su presencia. Y es que, más allá de la piel, sobrevivía imperecedera la imagen juvenil que llevaba impresa en su corazón y en su memoria.

—¿Qué haces aquí? —le preguntó emocionado.

—Vengo a ver tu obra —respondió ella.

—Pero si esa obra no sirve... —bromeó el escritor mientras se dibujaba una sonrisa bajo sus espesos bigotes.

—Tú sabes que eso no es cierto y que por algo has triunfado como escritor —replicó Rosa con voz muy segura.

El alumno y la maestra se miraron como si a través de sus pupilas quisieran traspasar el largo paréntesis de los años transcurridos. No había lágrimas, pero podía observarse un brillo especial en sus ojos.

—Todos mis triunfos son tuyos —enfatizó el escritor dándole un fuerte abrazo.

Rosa sintió que esos brazos era tan inmensos como el tiempo transcurrido desde que era una bella debutante en la sociedad de Aracataca decidida a ser la mejor maestra, y él apenas un niño con seis años recién cumplidos, empeñado en ser el mejor alumno de su clase. Se fijó en sus manos y como por arte de magia su memoria transformó los dedos largos y velludos que tenía al frente en el recuerdo de esa manita, rellenita y suave que respondía dócilmente a la suya cuando le enseñaba a trazar sus primeras letras. En ese instante mágico y poderoso, como el espejo del alma que a lo largo de los años repite las imágenes aprendidas, Rosa supo que en adelante evocaría en sus sueños, dormida y despierta, esos minutos extraordinarios del reencuentro del alumno y la maestra, en un momento que pareció penetrar el largo trecho recorrido a lo largo de sus vidas.

Al notar que su presencia estaba levantando un murmullo entre algunas de las personas más cercanas, el escritor le preguntó a su maestra dónde quedaba ubicada la entrada de los artistas.

—Me imagino que será aquella puerta —observó ella, señalando una pequeña entrada lateral por la que había visto pasar algunas personas que no estaban vestidas con la formalidad y elegancia del público asistente.

—Mejor me voy antes de que alguien me descubra —respondió el escritor, y la abrazó de nuevo.

Lo vio alejarse, aún emocionada, minutos antes de que se abrieran las puertas del teatro para la puesta en escena de la obra, en una presentación de la Universidad Externado de Colombia que incluía la participación del dramaturgo y poeta Raúl Gómez Jattín, uno de los mejores actores que tenía el país.

Desde su cómodo asiento de terciopelo rojo, Rosa trató de descubrir dónde se había sentado su alumno. Recorrió con la mirada los palcos y también enfocó con sus binoculares al público que ocupaba los asientos de las primeras filas, sin que sus esfuerzos tuvieran resultado. Le pareció que ese instante recientemente vivido era tan irreal como un espejismo que se va esfumando en la medida en que pasan los minutos, pero al final de la obra, alguien empezó a gritar:

—¡Que salga el autor… el autor… el autor!

La voz resonó otra vez desde uno de los palcos, seguida de inmediato por el clamor del público que a coro reclamaba la presencia del reconocido escritor. La petición fue aumentando en volumen hasta convertirse en un mar de voces y aplausos que finalmente consiguió que el autor, que había visto la obra desde el palco del embajador de México, saliera al escenario.

Rosa aplaudió como nunca, hasta sentir que las manos le hormigueaban. Al ver al escritor cubierto de gloria, le pareció que, tal y como su pupilo le había dicho unos minutos antes, sus triunfos también le pertenecían. De hecho, desde mucho tiempo atrás había empezado a seguir con admiración su meteórica carrera en el mundo de las letras. Suspiró profundamente, pensando que esa gran noche había sido la culminación de los viajes que habían realizado juntos por las calles de Aracataca, el pueblo al que, en sus recuerdos, regresaba a diario. Paradójicamente, el Edén del que Rosa siempre quiso salir, y que ahora tanto añoraba.

Esa noche, antes de caer dormida, Rosa recordó que se había sonrojado al saludar a su alumno. Resultaba casi una ironía de la vida que los papeles se invirtieran: antes el niño se ponía nervioso y sus mejillas se encendían cuando veía pasar a su maestra. Sus últimos pensamientos fueron para ese extraordinario reencuentro, tan lejos del entorno en el que vivieron y soñaron, en la etapa feliz en la que los sueños eran como un libro abierto al infinito.

IV

El primer amor del Nobel

—Abuela, no sé qué me pasa, pero cuando veo a mi maestra, siento algo que... siento como si quisiera besarla —confesó un día Gabito.

Divertida con la ocurrencia, doña Tranquilina compartió el secreto de su nieto. Pero la maestra no se sintió halagada.

—No le celebre eso al niño, ¿cómo se le ocurre? ¡Yo soy su maestra! —protestó Rosa poniendo punto final al comentario.

A los veintidós años, la maestra del Montessori llamaba la atención a su alrededor. Como una flor del trópico, estaba hecha de canto, risa, sensualidad, misterio, dulzura, firmeza, ritmo, calidez y sueños. Orgullosa de sus raíces, pertenecía a una de las principales familias de Aracataca, descendiente por vía paterna de inmigrantes de origen inglés y por herencia materna de una virtuosa estirpe producto de la mezcla de españoles y criollos caribeños.

Dueña de una elegancia natural, solía recorrer con paso ágil las calles polvorientas y calurosas del pueblo protegiéndose siempre del inclemente sol bajo una sombrilla de colores. Sin duda, formaba parte de la clase de mujeres que irradia gracia atrayendo las miradas de todos. Aparte, haber sido coronada dos veces Reina del Carnaval le aportaba importancia y notoriedad en la región.

Por su belleza, inteligencia y modales, Rosa era vista con respeto por quienes la conocían entre los ocho mil habitantes de esa pequeña población que nació en 1885 y después creció igual que sus palmeras y almendros. Pero al contrario de la mayoría de lugareños, Rosa no centraba sus ilusiones en quedarse toda su vida dentro del pequeño mundo que la rodeaba y que, de acuerdo con las tradiciones, le imponía a la mujer la obligación de casarse a una edad temprana. Existía una segunda opción, que era entrar a un convento —algo que pensó en alguna ocasión—, y, por último, tenía una tercera alternativa: continuar toda su vida soltera, lo que implicaba que nunca disfrutaría de los goces del amor, ya que una mujer "decente" solamente podía salir del hogar para casarse.

Ninguna de las opciones de la época correspondía a lo que Rosa buscaba en la vida. Al menos, ella prefería darse algún tiempo. Bonita y casadera, rehuía los galanteos de los hombres de la región y era dueña de un espíritu independiente que muchos en el pueblo veían con una mezcla de admiración y recelo.

—Rosa, la maestra —decían—. Algo le pasa a esa muchacha. Tanto pretendiente, y a todos los rechaza. Como siga así, de pronto se queda pa' vestir santos.

En cierta forma, en los albores del siglo XX su personalidad parecía un reflejo de los tiempos venideros, que anticipaban una era de cambios.

La idea de ser maestra no se trataba de un simple capricho. Era un deseo que acariciaba desde antes de marcharse a estudiar a la Normal de Señoritas de Santa Marta, donde se destacó como la mejor alumna del plantel. El esmero de Rosa, quien ingresó al internado a los once años, tuvo la gran recompensa del apoyo y estímulo de su directora, Carmen González Jiménez, quien la aceptó a pesar de que la nueva estudiante jamás había pasado por la escuela primaria, ya que todo lo había aprendido en su hogar.

—No va a ser fácil que esta jovencita pase los exámenes de admisión, ya que se requiere que apruebe las materias de los años anteriores —había dicho una de las maestras del plantel.

Sin embargo, la veterana pedagoga intuía que la joven alumna no la defraudaría. Sus predicciones se cumplieron. No quedaba duda de que Rosa había sacado muy buen provecho de las enseñanzas recibidas de su mamá en materias que iban desde las matemáticas y la geometría hasta la historia, la geografía, las ciencias y la literatura. Al final, la jovencita que jamás había pisado una escuela, superó victoriosa la difícil prueba.

Eran épocas en las que el bachillerato y el magisterio podían estudiarse al mismo tiempo. Rosa, que era la más joven de su clase, había escogido el camino difícil de dedicar más horas al estudio con el propósito de obtener dos diplomas: el de bachiller y su certificación como maestra. Su dedicación terminó por merecer el respeto de sus compañeras de clase que en un principio miraban con una mezcla de curiosidad y lástima a la recién llegada, una niña ingenua y sencilla, apenas en el umbral de la pubertad, procedente de un pueblo ignoto que ninguna de sus compañeras tenía intención de visitar algún día.

Le había costado mucho trabajo convencer a su papá de que la dejara tomar el tren para irse a obtener su educación en una ciudad lejana, así que se esmeraba en estudiar y en demostrar sus habilidades para desempeñarse en un futuro.

Todos los días se levantaba a las cinco de la mañana. No le gustaba madrugar, especialmente teniendo en cuenta que el día comenzaba con un baño de agua fría en el internado. Sin embargo, gracias a la disciplina heredada de sus antepasados ingleses, siempre estaba entre las primeras en llegar al pasillo donde las alumnas se formaban ordenadamente para salir con rumbo a la iglesia. Vestían uniforme azul, consistente en una falda de pliegues que casi llegaba a los tobillos y una blusa blanca que Rosa mantenía impecable. Aún no había salido el sol cuando, envuelta en la fragancia del jabón del baño matutino, todavía soñolienta, caminaba por las calles desiertas con paso rápido, llevando un misal y un rosario que, al igual que sus compañeras de estudios, sujetaba firmemente entre las manos enfundadas en guantes blancos de algodón. Parecían monjitas de clausura, caminando con paso rápido y en silencio las dos calles que las separaban de la iglesia. Sobre sus cabezas, el infaltable velo blanco caía debajo de los hombros, siguiendo la costumbre de rigor. Minutos después, sentadas sobre los duros bancos de madera, luchaban por derrotar los episodios de sueño durante el sermón. De hecho, algunas alumnas parecían sumidas en un sopor infinito cuando empezaba a esparcirse por la iglesia el humo del incensario de cobre agitado perezosamente por un monje que, aparte de ayudar en la misa, se ocupaba de tocar las campanas de la iglesia y encender las velas del altar.

Le había tocado vivir en una época caracterizada por la rigidez en las costumbres. Había libros prohibidos, amistades prohibidas, temas de conversación prohibidos, vestimentas prohibidas, lugares prohibidos y hasta pensamientos prohibidos. Las reglas eran muy severas sobre la forma de presentarse en público, y más aún en la iglesia: las mujeres no podían llevar vestidos sin mangas, nadie usaba escotes y las faldas tenían que llegar doce centímetros arriba del tobillo, lo cual era un gran adelanto teniendo en cuenta que en épocas anteriores un talón desnudo era considerado atrevido y podía despertar en los hombres pasiones prohibidas. Los pantalones largos en una mujer eran motivo de escándalo debido a que esta prenda era considerada masculina.

Muchos recordaban con pavor la escena que presenciaron un domingo cuando una joven norteamericana, alta y pelirroja, entró a la iglesia llevando pantalones de montar a caballo. Había llegado al pueblo invitada por su hermano, uno de los altos ejecutivos de la United Fruit Company. Pero el padre Angarita la miró con severidad y, minutos después, la bella mujer tuvo que afrontar la vergüenza de que el sacerdote pasara frente a ella de largo, negándole la comunión.

Rosa no se sentía conforme con muchas de las prohibiciones en el ámbito social y religioso, pero no le quedaba más remedio que aceptarlas. En aquella época, leyó la biografía de Santa Teresita del Niño Jesús y se sintió inspirada por el ejemplo de la joven religiosa francesa de la orden de las carmelitas, cuya relación con Dios abría el camino de una espiritualidad sencilla, desprovista de pomposidad. La santa había nacido en 1873 y llevó una vida de oración hasta su temprana muerte, a los veinticuatro años, a causa de la tuberculosis, enfermedad pulmonar que causaba en el mundo la muerte de millones. En 1926, la monjita fue elevada a los altares por el papa Pío XI, un acontecimiento que representó a nivel mundial un ascenso meteórico de jovencitas que anhelaban vestir los hábitos religiosos.

Dedicadas al estudio y la meditación, las estudiantes se enteraban con preocupación de la persecución religiosa emprendida en México contra la iglesia católica. En las tardes se congregaban a rezar el rosario para pedir por los sacerdotes, diezmados en el país azteca durante la llamada Guerra de los Cristeros, cuando fueron asesinados cerca de cinco mil sacerdotes católicos. Más tarde, los rezos incluirían también a España, donde la iglesia católica pasaba tiempos difíciles con la inesperada expulsión de los jesuitas.

En medio de estos brotes de persecución religiosa empezaron a llegar a Santa Marta y otras poblaciones de la costa colombiana algunos supuestos videntes vestidos con túnicas blancas que recorrían las calles predicando con voces apocalípticas la cercanía del fin del mundo.

Estos vaticinios fatídicos convencían por igual a la juventud y a los mayores, alarmados por la forma como las costumbres se habían ido relajando.

A nadie le quedaba en esos días duda de la necesidad de orar para conseguir piedad del cielo; de lo contrario, la civilización estaría próxima a desaparecer como un castigo divino. Aterradas por las calamidades que se cernían, algunas jóvenes de la escuela terminaron por llevar los hábitos religiosos con el propósito de salvar sus almas. Para Rosa, en cambio, las imágenes apocalípticas, aparte de aterradoras, significaban el fin de todas sus ilusiones. "Y yo todavía sin conocer el amor, ni haber pasado unas vacaciones en Cartagena", pensaba mientras imaginaba con fascinación las heroicas y cruentas batallas contra el despiadado asedio de los piratas ingleses frente a las murallas de la ciudad.

Los sucesos que se vivieron en la historia de Cartagena no tenían nada que ver con las aventuras de *La isla del tesoro* que le narraba su abuelo inglés sobre los piratas, sus mapas y los lingotes de oro que enterraban en las populares narraciones del escritor Robert Louis Stevenson. Pero por alguna misteriosa razón, Cartagena tenía un lugar especial en sus sueños y cuando una amiga le dijo que las imágenes tienen un poder especial para que los deseos se materialicen, Rosa decidió apostar por esa posibilidad colocando en su mesa de estudio algunas tarjetas postales con fotos de Cartagena. Le atraía la belleza de la ciudad, pero especialmente su historia: había sobrevivido los ataques de los piratas que sitiaron varias veces a los valientes que resistían detrás de las recias murallas levantadas por los españoles para proteger la ciudad, el dolor de las torturas de la Inquisición, las lágrimas de los africanos vendidos por negreros infames y la avaricia de los compradores de esclavos que llegaban de todo el continente en busca de brazos fuertes para las plantaciones de caña. Paradójicamente la fortaleza de aquellos Atlas de ébano se convertiría en su desgracia, al representar el último recurso de los dueños de los cañaverales cuando fracasaron en el intento de hacer que los indígenas trabajaran en esas arduas labores debido a que eran físicamente más débiles y se enfermaban fácilmente al contacto con los virus que traían los llegados del Viejo Continente.

A pesar de las adversas condiciones y el sufrimiento de encontrarse de la noche a la mañana subyugados por gente de otra raza que no hablaba su idioma, no pasó mucho tiempo antes de que los esclavos africanos, despojados de su libertad, su entorno y sus familias, terminaran por asimilar la nueva cultura. Se refugiarían luego bajo el manto piadoso de la iglesia católica que, bajo la inspiración de las enseñanzas cristianas, se convirtió en abanderada de los derechos de los esclavos. Más tarde, la misma iglesia que los protegió e invistió de compasión humana aplastaría todo vestigio de las deidades paganas con la Inquisición, cuyo centro principal estuvo ubicado en Cartagena, y desde donde se administraban los juicios e inclementes castigos para los infieles en el vasto territorio asignado en 1610 en el reinado de Felipe III de España.

El 11 de noviembre de 1811, turbas rebeldes entraron al temido edificio, quemando y destruyendo los instrumentos de tortura que se usaban para obligar a los acusados a confesar sus herejías. Sin embargo, no sería hasta 1821 que este aterrador tribunal logró ser erradicado de Cartagena.

Rosa encontraba fascinante que existiera una ciudad con una herencia tan variada en sus raíces, que incluía frailes compasivos y esclavos encadenados, traficantes desalmados y cortesanos usureros, mujeres con crinolinas y abanicos, esclavas de cuerpos erguidos como palmeras, todos descendientes de una raza de heroicos hombres y mujeres.

Con especial admiración, la joven aspirante a maestra guardaba una crónica sobre el heroísmo de Blas de Lezo, un almirante español de la región vasca que en diferentes batallas había perdido una pierna, un brazo y un ojo. Sin embargo, a pesar de sus limitaciones físicas logró que Cartagena derrotara al almirante inglés Edward Vernon, cuando con ciento ochenta y seis barcos y veinticinco mil hombres cercó en 1741 la ciudad amurallada. Era una flota tan impresionante que históricamente solamente le sigue en tamaño a la que desembarcó en Normandía durante la Segunda Guerra Mundial. En contraste, para defender a Cartagena, Blas de Lezo apenas contaba con seis navíos y dos mil ochocientos treinta hombres, incluidos seiscientos indígenas y los civiles que voluntariamente se enlistaron en lo que parecía una resistencia suicida contra el despiadado invasor inglés. Hambrientos, comiendo ratas, murciélagos y hasta cocinando las suelas de los zapatos para poder sobrevivir, los cartageneros soportaron el sitio de la ciudad y finalmente triunfaron gracias a aquel hombre que físicamente no estaba completo, pero que por su valor era un titán.

Dando por segura su victoria, Vernon había hecho acuñar monedas de oro que mostraban a Blas de Lezo de rodillas y las siguientes palabras: "El orgullo español humillado por Vernon". Las monedas alcanzaron a entrar en circulación, pero rápidamente fueron recogidas después de la derrota de la gran armada inglesa y el rey Jorge II de Gran Bretaña prohibió que se escribieran crónicas del aplastante fracaso; tampoco se podía hablar del tema en su presencia. Apasionada por esta historia, Rosa admiraba la valentía del almirante español. Sin embargo, había quienes recordaban a su abuelo de origen inglés lamentándose de que, por ese fracaso naval, el sur del continente no llegó a hablar inglés.

Así, entre lecturas, estudios y sueños, Rosa se fue adaptando a su nueva vida en el internado, a pesar de que inicialmente le había costado no tener los mimos y la cercanía de sus padres, Pedro Fergusson Christoffel y Rosa Gómez Celedón, ambos nacidos en Riohacha, una pujante población ubicada en una de las regiones más pintorescas y remotas de la costa colombiana.

Su padre había llegado a Aracataca como empleado de la United Fruit Company, empresa para la que trabajó durante treinta años. Era un hombre severo, de trato agradable y pocas palabras que en sus facciones delataba su origen europeo. Rosa alcanzó a conocer en su infancia a su abuelo, Jorge Fergusson, un inglés que pasó por Riohacha en viaje de negocios, pero decidió radicarse en

Colombia al conocer a la bella Helena Christoffel, una joven de origen holandés de la que se enamoró a primera vista. Educada en Curaçao, hablaba cinco idiomas, una rara habilidad en esa época, aparte de ser una talentosa pianista. Con la seguridad de que esa era la mujer de su vida, el comerciante inglés consiguió trabajo como traductor de la Armada y un par de meses más tarde se casó con la bella Helena, quien siempre sería el centro de su existencia y con la que formó un hogar en el que jamás se escuchó una palabra descompuesta.

Por vía materna, la felicidad no fue posible debido al manto de dolor que la muerte llevó a su familia. Su abuelo, Manuel Gómez Brito, nacido en Riohacha y educado en Medellín, poseía una gran visión para los negocios. Muy pronto se convertiría en un gran hacendado llegando a amasar una considerable fortuna hasta que durante la fratricida Guerra de los Mil Días la inseguridad que se apoderó de los campos terminó por llevarlo a la ruina. Aparte, tuvo que sobrevivir la tragedia del fallecimiento de su adorada esposa, Mamerta Celedón, natural de la costa atlántica colombiana, una mujer muy bella según los retratos, y a la que toda la familia se refería casi con devoción después de que su vida terminó trágicamente al dar a luz a quien sería la mamá de Rosa. Una tragedia enmarcada por una promesa de vida. Al morir la madre, sus tías salieron presurosas a buscar una nodriza que alimentara a la pequeña bebita que todos describían como un "capullo de rosa", motivo por el cual la llamaron Rosa. En medio del luto familiar, todos se esforzaron en llenar el gran vacío afectivo que representaba para la niña ser huérfana desde tan tierna edad.

La pequeñita creció en casa de sus abuelos y fue mimada hasta la exageración por toda la familia, que veía en ella la imagen de la madre fallecida. Apenas había dejado atrás la adolescencia cuando conoció al "hijo del inglés", como algunos llamaban a Pedro o Peter Fergusson. Se casaron en Riohacha en una gran fiesta a la que asistieron parientes de varias ciudades de la costa y, tal y como habían prometido al unir sus vidas, permanecieron juntos hasta la muerte. Tuvieron cinco hijos —tres fueron mujeres— y nunca pudieron recuperarse del dolor de la pérdida de uno de sus hijos, quien murió de una pulmonía a los cuatro años. A la que sería la inolvidable primera maestra de García Márquez, la llamaron Rosa Helena para honrar la memoria de su mamá y de su abuela paterna, la bella Helena Christoffel. Sin embargo, siempre la llamaron Rosa.

Poco después del nacimiento de Rosa en Riohacha, sus padres decidieron buscar nuevos horizontes y se mudaron a Aracataca donde vivieron hasta el final. El trabajo en la United Fruit Company le permitió a don Pedro mantener holgadamente una familia.

Con orgullo especial, Rosa solía recordar las historias familiares transmitidas oralmente por sus antepasados de generación en generación. Era una estrategia para mantener vivos esos rostros queridos que parecían desdibujarse con el tiempo. Esa costumbre de revivir las historias de sus ancestros, como quien pasa las páginas de un álbum de fotografías, le había permitido a Rosa conservar con gran nitidez el recuerdo de su abuelo paterno, quien había muerto cuando Rosa apenas tenía cinco años. Ese triste episodio de su vida quedaría para siempre grabado en su memoria junto con el riguroso luto que les impuso su mamá, siguiendo una costumbre muy arraigada en la costa colombiana y que imponía la tradición de que las mujeres adultas llevaran ropas negras y los niños vestidos blancos con adornos negros.

"Yo tengo luto, luto, de papá Jorge, Jorge", cantaba la niña en su inocencia, evocando con alegría el recuerdo de su querido abuelo. Su felicidad causó sorpresa entre los mayores, especialmente teniendo en cuenta que ella siempre había sentido una especial predilección por el venerable anciano. No podían imaginar que la alegría de Rosa se debía al ver tanto movimiento familiar a su alrededor, aparte de celebrar el acontecimiento que había permitido que ella y sus hermanas estrenaran vestidos blancos de lino y tul. En medio de los cánticos que por nueve días entonaron los parientes y amistades más cercanas que acudieron a brindarles consuelo, Rosa esperaba el regreso de su abuelo. A ella le habían dicho que se había marchado para "el cielo", y como cada vez que don Jorge salía de viaje regresaba con algún regalo para su nieta, ella pensaba que a su regreso "del cielo" el bondadoso anciano le traería juguetes y bombones.

No sería sino varios años después, durante una de sus meditaciones en el dormitorio del internado, que Rosa captó por primera vez la extraña situación que rodeó al luto de su abuelo. La nostalgia de ese ser tan querido y tan especial en su infancia la hizo pensar en la fragilidad de la vida y lo difícil que le resultaría regresar a su casa y descubrir que sus familiares o amigos ya no existían. Tuvo que hacer acopio de toda su energía para continuar sobrellevando su vida de estudiante, lejos del hogar, encerrada en un internado que siempre recordaría con su disciplina férrea, sus largos corredores que evocaban la presencia de fantasmas vigilantes, sus cuartos silenciosos y ordenados, sus pisos de baldosas impecablemente limpias, de tal forma que la directora de la escuela aseguraba que cualquiera podía comer en el piso sin temor a los microbios.

Al final, siempre evocaría con una mezcla de tristeza y alegría el recuerdo de los largos años que se ausentó de su hogar. Los sentimientos de regocijo tenían que ver con los vínculos de camaradería y hermandad que estableció con algunas compañeras de estudios, aparte de haber podido conseguir su sueño de convertirse en una mujer capaz de valerse por sí misma como maestra. Los recuerdos menos gratos se referían a pequeños detalles del diario vivir, como las madrugadas con el infaltable baño de agua fría o los trabajos que pasó para aprender a amarrarse los zapatos del uniforme, tan distintos de las zapatillas cerradas y planas que ella acostumbraba llevar en Aracataca. Y ni hablar de la angustia que experimentaba cada vez que tenía que ponerse las medias largas y tupidas, que llegaban hasta arriba de las rodillas y se sostenían con unas ligas apretadas. En más de una ocasión le sacaron lágrimas de impotencia debido a que estaban hechas de un material excesivamente frágil, de tal forma que cuando con dificultad Rosa lograba llevarlas hasta donde debían sujetarse, ya estaban llenas de agujeros.

Su falta de destreza en esa tarea tan femenina, que a Rosa le parecía un arte extraordinario, atrajo la atención de una chica compasiva llamada Magdalena, algunos años mayor que ella, quien no solamente le enseñó el truco para ponerse las medias sin que se rompieran, sino que además terminaría por convertirse en su primera amiga dentro del internado. Llena de nostalgia, Magdalena hablaba de un enamorado que tuvo en su pueblo y se había marchado a la capital a estudiar ingeniería. "Cuando él regrese, para entonces habré terminado mis estudios y podremos casarnos", decía ilusionada con la idea de tener una casa grande, cinco hijos y al menos una mucama y una cocinera.

Sin ninguna reserva, convencida de que a nivel personal cada quien debe pensar en buscar las más altas metas de esfuerzo y superación, Rosa no se avergonzaba en decir que su ambición consistía en "ser la mejor maestra del mundo". Al final, consiguió su propósito gracias al director de la Secretaría de Educación, un hombre muy serio que visitó el pueblo una tarde providencial. Venciendo sus temores de hablar con extraños, Rosa se acercó a decirle que Aracataca no tenía un Montessori, pero si le hacía el nombramiento ella estaba dispuesta a organizarlo y desempeñarse como directora y maestra. El alto funcionario quedó impresionado por la determinación de esta joven y, pocos días después Rosa recibió una carta con el sello del gobierno, anunciando el anhelado nombramiento.

Era difícil describir su alegría al ver coronados sus esfuerzos con un puesto en el magisterio, carrera que en aquel entonces se encontraba entre las muy pocas profesiones aceptables para una "mujer decente", como solían decir con aire severo las gentes de esa época.

Llena de entusiasmo e ilusión, Rosa comenzó a organizar el Montessori de Aracataca. Su primera tarea consistió en diseñar los pupitres y asientos de acuerdo con la edad de sus alumnos para que los fabricara un carpintero local, en tres tamaños distintos. A fuerza de aparecerse a diario en el taller donde las tablas fueron cobrando forma, consiguió que estuvieran terminados un par de días antes de que se iniciaran las clases. Más tarde se dedicaría a limpiar y embellecer el aula con la ilusión de quien consigue darle forma al sueño de su vida.

De la misma manera, indagando y pidiendo ayuda, había conseguido la beca para estudiar en la escuela secundaria.

—Dígame dónde quiere estudiar su hija y le ayudamos —respondió el alto funcionario, confirmando que las oportunidades en la vida están abiertas para el que las busca.

V
Entre realidades y mitos

La casa de Rosa estaba ubicada en la cuadra de enfrente, en sentido diagonal a la de los abuelos de Gabito, doña Tranquilina Iguarán y su esposo, el coronel Nicolás Márquez, un hombre con una apariencia de severidad forjada en el tiempo que pasó luchando en la Guerra de los Mil Días. En el pueblo lo consideraban un héroe y se decía que había perdido el ojo derecho en una de estas batallas.

A pesar de la amistad existente en alguna época entre el coronel Márquez y don Pedro Fergusson, no solían reunirse. Rosa sospechaba que por estar en bandos opuestos sobre la presencia de la empresa norteamericana, y no tener el mismo criterio sobre los sucesos ocurridos en el conflicto surgido entre la United Fruit Company y los trabajadores, optaron por tener una relación cordial pero distante.

El coronel estaba casado desde tiempos inmemorables con doña Tranquilina, esa abuela imaginativa que relataba cuentos de brujas y espantos con la seriedad de un catedrático de historia. Sin importar cuán inverosímiles parecieran, todos terminaban por avalarlos como ciertos.

—¿Sí saben que anoche se posó una bruja en el techo de mi casa? —decía doña Tranquilina, en medio de la conversación.

—¿Cómo puede ser, comadre? —preguntaba una voz entre la atenta concurrencia.

—Cuéntanos cómo era la bruja —expresaba Gabito con curiosidad.

Entonces doña Tranquilina empezaba a describir a una mujer cuyo rostro no había podido identificar en la oscuridad, pero llevaba zapatillas negras y una escoba, y a la luz de la luna se perfilaba como un ser sobrenatural.

—Estuvo un buen rato sin moverse, flotando sobre el techo y de un momento a otro desapareció —decía con voz muy segura.

Estas palabras le daban vida a una nueva historia que empezaba por analizar el motivo que había llevado al ser sobrenatural a volar sobre el pueblo y el mensaje que había querido trasmitir al posarse desafiante en el techo de la casa.

Ni los más escépticos se atrevían a poner en duda la seriedad de sus palabras. Entonces, empezaba una disertación sobre fantasmas y seres fantásticos que los adultos corroboraban mientras los adolescentes y los niños escudriñaban con recelo la oscuridad, sintiendo temor incluso de su propia sombra. Estas tertulias se prolongaban hasta bien entrada la noche, pero a los niños los hacían acostar más temprano. Sin protestar, Gabito se iba a su cuarto mientras en la duermevela rondaban las imágenes de las conversaciones de la abuela y los muertos en batalla del coronel.

A veces, el nerviosismo de los oyentes llegaba a su máxima expresión cuando de repente se escuchaba el estrépito causado por un coco, que al desprenderse de una palmera caía sobre algún tejado de zinc cercano. Entonces, todos se persignaban apresuradamente esperando que la señal de la cruz sobre sus pechos les ayudara a espantar a los malos espíritus.

La maestra recordaba a doña Tranquilina como una mujer con mucho carisma e ingenua. Creía en toda clase de supersticiones. Si a la casa entraba una mariposa gris, era presagio de enfermedad; si la mariposa era negra, había que esperar una muerte; si llegaba volando un cucarrón, era señal de una visita inesperada; si un gallo cantaba varias veces durante la noche, era un augurio de malas noticias. De ahí que en el vecindario todo el mundo empezara a sentir fastidio por un gallo desorientado que cantaba a cualquier hora de la noche, hasta que para prevenir la mala suerte sus dueños terminaron por echarlo en la olla de un sancocho.

De lo que se hablaba en voz baja era de los hechizos de una bruja que se había mudado a Aracataca buscando nuevos clientes entre la creciente afluencia de gentes. En un principio, nadie conocía a la recién llegada. Pero tratándose de un pueblo pequeño no pasó mucho tiempo antes de que todos, aunque jamás hubieran cruzado una palabra con ella, supieran de sus supuestas hechicerías.

Pronto se convirtió en el ser más repudiado del pueblo. Los hombres la miraban con una mezcla de burla y temor, las mujeres la evitaban y cuando la veían venir por la misma calle pasaban a la acera del frente para no topársela y los niños la miraban aterrorizados después de que en sus casas los amenazaran con esa mujer tenebrosa que se comía a los niños por no tomarse la sopa, o los convertía en sapos si decían mentiras. A su vez, otros niños se las daban de valientes y le tiraban piedras mientras le gritaban: "¡Bruja, bruja, bruja!".

Igual que la mayoría de los habitantes del pueblo, Rosa no se sentía cómoda en su presencia. De hecho, en alguna ocasión que la maestra y Gabito caminaban hacia la escuela y se la encontraron, la maestra pasó a su lado en silencio. Después le dijo al niño que evitara siempre "jugar" con lo desconocido. Gabito no respondió, pero pareció entender a qué se refería. A fin de cuentas, su abuela solía hablar de los difuntos que flotaban por las habitaciones de la casa y que, si se portaba mal, vendrían a castigarlo.

—Gabi, de todas formas a los muertos no hay que tenerles miedo. De los que hay que tener cuidado es de los vivos, esos sí te pueden hacer daño —decía Rosa cuando caminaban hacia la escuela.

Algunas veces, al quedarse Rosa en la escuela hasta bien entrada la tarde, se sorprendía al ver que Alicia, la mamá de Manolito, caminaba furtivamente por las calles menos transitadas del pueblo. Hasta que un día no le quedó duda de que salía de casa de la bruja.

"¿Qué habrá ido a buscar?", se preguntó Rosa.

Tiempo después lo sabría. Casada y con cuatro hijos, a la pobre mujer se le ocurrió que la recién llegada podía servirle de ayuda para rescatar a su marido de los brazos de una negrita adolescente de la que estaba perdidamente enamorado y a la que le compraba los mejores vestidos y quincallas que llevaban al pueblo los gitanos y los comerciantes turcos.

Atormentada por los celos, un día había ido a buscar a la bruja. Tocó tímidamente a la puerta cuando ya oscurecía, amparándose entre las sombras para que nadie la viera. La recibió la hechicera, una mujer de tez amarillenta, ojos de gato y cabellos muy negros, que sin hacerle ninguna pregunta la hizo pasar a un cuartito en el que solamente había una pequeña mesa de madera despintada, un ventilador oxidado y dos sillas tapizadas con piel de vaca, bastante desvencijadas. Las paredes estaban cubiertas con imágenes de santos y palabras escritas en un idioma extraño. Sacó un pequeño mantel de seda con figuras astrales sobre el que colocó unos naipes muy gastados. "Separa un montón", le dijo. Vacilante, la mujer hizo a un lado un grupo de cartas que la bruja recogió cuidadosamente para barajarlas.

Después las fue colocando lentamente sobre la mesa. Al hacerlo, se veía muy preocupada.

—Ese hombre tuyo está hechizado —le dijo—. Veo otra mujer que lo tiene loco porque de por medio hay brujería.

Alicia pareció confirmar sus sospechas de que había algo fuera de lo normal en esos amores. Le latía el corazón apresuradamente sintiendo que la angustia le iba subiendo hasta la boca como una bestia aterradora que ascendía por su garganta, decidida a asfixiarla. Aterrada, sentía la lengua tan seca que se le pegaba al paladar.

Sin embargo, la bruja la tranquilizó.

—Puedo romper ese hechizo —le dijo añadiendo que para hacerlo necesitaba un mechón de pelo y una fotografía del marido.

Alicia había oído decir que cuando se consultan los brujos y adivinos a veces algunas cosas se cumplen, pero que lo que se busca de veras termina por perderse. Sin embargo, decidió desafiar los consejos de una prima que se oponía a la búsqueda de apoyo en medios sobrenaturales; y empeñada en rescatar a su marido del escabroso camino de los amores prohibidos, días después regresó donde la bruja con un mechón que logró cortarle a su infiel consorte argumentando que tenía disparejos los cabellos sobre la nuca. También le llevó una fotografía reciente, tal y como le había pedido la hechicera.

Esa noche, de regreso a su casa, encontró a su marido en la puerta. Estaba de salida.

—¿Dónde andabas? —le preguntó él.

Sonrojándose un poco, Alicia le respondió que había ido por algunos minutos a la iglesia. Al parecer le creyó, y sin pedir muchas explicaciones siguió su camino señalando que iba a cobrar un dinero que le debían.

Mientras la nana lavaba los platos de la cena, Alicia se ocupó de acostar a sus hijos. Más tarde se frotó crema de almendras en todo el cuerpo para suavizar su piel, se peinó con una larga trenza y se perfumó con una colonia francesa que les había comprado a los gitanos. Con la expectativa de una novia que espera a su enamorado, anticipaba complacer a su marido, que volvería al poco rato. Sin embargo, la cena se quedó sobre el fogón. Sudado y sin rasurar, él regresó hasta la mañana siguiente trayendo en la ropa el perfume penetrante de un pachulí barato con esencia de jazmines que ella ya reconocía.

Dos semanas después, regresó donde la bruja.

—Mi marido no mejora. Ahora se ausenta más que antes —le dijo.

La bruja le pidió entonces que le trajera algunas uñas, algo que no fue tan fácil de conseguir. Por fin, después de hacerse la zalamera con su marido y cortarle las uñas haciéndole creer que mientras hacían el amor la había arañado en la espalda, llegó donde la hechicera con su botín.

—Vas a ver cómo ahora sí cambia tu hombre —le dijo la bruja, mientras la mujer le entregaba un pequeño fajo de billetes.

Sin embargo, las semanas fueron pasando y no se notaba ningún cambio. Más bien, cada vez su marido pasaba más noches fuera que en su casa.

Alicia visitó de nuevo a la bruja, esta vez de día, cruzándose con Rosa un sábado, muy de mañana.

—Se ha levantado temprano esta mañana —le dijo Rosa.

—Ah, sí. Tengo que ir a comprar harina de maíz para las arepas del desayuno — respondió Alicia con un dejo de incertidumbre en la voz.

Rosa, que se había cruzado en la calle con Alicia en dos ocasiones anteriores, se dio cuenta de que estaba mintiendo.

"¿Dónde estaría? ¿A qué se debe ese misterio?", se preguntó Rosa.

A fuerza de ir en su búsqueda, ya no parecía importarle a Alicia que la vieran entrando en la casa de la hechicera o que alguien le llegara con el chisme al padre Angarita. Pensando conseguir que el hechizo fuera más efectivo, llevó en su cartera una fotografía más grande que la anterior.

—Mi vida, vamos a tener que hacer algo más fuerte. Pero no sé por qué me parece que tu marido tiene una cara que me resulta conocida —dijo la bruja mientras fruncía la frente al esforzar sus ojos miopes tratando de ver con claridad la imagen que le entregaba Alicia.

Se sentaron en el pequeño cuartito, la bruja escuchando y la clienta llorando. Le estaba haciendo un recuento de sus largas noches con el lecho vacío y la almohada bañada en lágrimas cuando se escuchó una voz femenina llamando a la hechicera desde el dintel de la puerta.

—Mi vida, espérame un momento —dijo, saliendo a abrir la puerta.

Resultaban casi imperceptibles los susurros que se cruzaban entre la bruja y la recién llegada. Para matar el tiempo, Alicia decidió dar una vuelta por el cuartito. Curiosa, se acercó a un espacio casi escondido por una cortina; detrás se veían varias fotografías. Entonces, alumbrada por una vela, creyó ver la cara de su marido. Se acercó, y al tomar la foto entre sus manos se dio cuenta de que era él, muy sonriente, en lo que parecía ser una celebración debido a que llevaba puesto su traje favorito. Los bordes del papel estaban recortados, posiblemente para excluir a otras personas que estaban a su lado.

—¿Qué hace aquí esta foto de mi marido? —preguntó Alicia sorprendida al mismo tiempo que la hechicera regresaba al pequeño salón.

—¿Ése es tu marido? ¡No puede ser! —dijo la bruja. Y luego añadió—: Ahora sí entiendo por qué su cara me parecía conocida.

De un momento a otro había descubierto que el hombre de espejuelos estaba bajo el doble hechizo de la esposa y de la concubina.

—Te pertenece más a ti, que eres la esposa y madre de sus hijos —dijo la bruja—. No te preocupes, que yo arreglo esto.

Una semana después, Alicia dormía con su marido en la alcoba matrimonial cuando un grito la despertó asustada. Era su marido, que deliraba con desesperación mientras daba vueltas en la cama. Las sábanas estaban empapadas de sudor y su frente ardía en fiebre. El médico pensó que podía ser una meningitis. Pero la fiebre bajó y él siguió delirando. Veía fantasmas y monstruos. Finalmente, el diagnóstico del médico fue como una sentencia a muerte:

—Está loco, irremediablemente loco.

Ajeno a lo que pasaba a su alrededor, el hombre parecía espantar unos fantasmas imaginarios mientras gritaba aterrado:

—Aléjense de mí, no se me acerquen. ¡Qué caras tan horribles! Váyanse, déjenme en paz —suplicaba.

La United Fruit Company, para la que trabajaba, le buscó los mejores doctores en problemas de la mente. Días más tarde llegaron unos enfermeros y se lo llevaron amarrado al manicomio de Bogotá.

Desolada, Alicia ahora tenía que enfrentarse sola al mundo, con sus cuatro niños pequeños. No le quedó otra opción que mudarse con sus hijos a Barranquilla, donde vivía su familia.

Después de desocupar la casa, cuando estaba de salida para tomar el tren con su familia, su prima la miró compasiva.

—Te lo dije, cuando vas a pedirle a los adivinos que cambien tu destino, hay un castigo divino. Aquello que tanto se desea al final lo pierdes. Fíjate que tu marido no le pertenece hoy a nadie —dijo afligida.

El sonado incidente hizo que la bruja se marchara del pueblo. Al menos, nadie volvió a verla. Algunos decían que se hizo invisible al sentirse descubierta, temerosa de que alguien decidiera quemar su casa mientras dormía. Pero otros aseguraban que realmente se quedó en algún rincón del pueblo, volando de noche sobre los tejados para asustar a la gente.

—¡Zape! —decía doña Tranquilina cuando alguien quería saber sobre hechicerías. Ese tema era tabú y no se tocaba de ninguna forma debido a una sentencia bíblica que sostiene que quienes consultan adivinos serán desterrados del paraíso el día de la resurrección de los muertos. Por eso, hasta tocar el tema estaba prohibido.

Doña Tranquilina aseguraba que después de la muerte los espíritus siguen rondando el mundo de los vivos. Por eso, cuando alguien moría, oraba para que su alma no regresara a molestar. Más de una vez, al sentir un leve olor a azufre, que seguramente llegaba impulsado por los vientos al pasar por unas aguas termales cercanas al pueblo, se le escuchaba decir alarmada: "Éste es el demonio que ha entrado". Entonces hacía traer una botella que tenía guardada y regaba agua bendita por la casa al tiempo que todos hacían la señal de la cruz y ella le ordenaba al espíritu que se marchara del pueblo. Era así como se daba por terminada la tertulia y en medio de un ambiente de pavor y misterio, todos se iban a dormir. Al despedirse y dirigirse a sus dormitorios, cada quien miraba con disimulado recelo los rincones oscuros de sus casas, aunque rara vez los mayores llegaban a admitir sus temores.

Estas tertulias entretenían a todos y contribuían a estrechar los vínculos entre el vecindario. El interés que despertaban los fenómenos paranormales no conocía las barreras generacionales y todos podían participar sin diferencia de edades; los niños y jóvenes haciendo toda clase de preguntas, y los mayores contando sus experiencias y visiones espeluznantes con la seguridad de quien ha vivido mucho y presenciado visiones sobrenaturales. Lo cierto es que hasta los escépticos participaban con algún comentario que, en vez de disipar las dudas, parecía confirmar la existencia de un mundo invisible y la necesidad de la oración para no quedar atrapados en el tormento de los espíritus.

VI
Un pueblo de leyenda

Medio siglo después de haber sido su maestra, Rosa se sentía sorprendida al pensar cómo su alumno, que dejó el pueblo antes de cumplir los ocho años, pudo captar a una edad tan temprana, y con tanta precisión, el mundo que lo rodeaba. Maravillada, al sumergirse en el realismo mágico de cada uno de sus libros, no solamente había redescubierto la identidad de los personajes que habitaban ese pueblo de leyenda, sino que empezó a rescatar en su memoria las imágenes que parecían ya retratos amarillentos de las personas más queridas, su propia familia.

Don Nicolás y doña Tranquilina tuvieron tres hijos: Margarita, que había sido la mayor y murió muy joven de tifo; Juanito Márquez, que era muy parecido a su madre tanto en lo físico como en el modo de ser, y Luisa, la niña mimada de la familia no solamente por ser la menor, sino porque al morir su hermana mayor sus padres la rodearon de un cariño muy especial. Tanto sus padres como sus tías se esforzaban en complacerla en todo. Era un poco mayor que Rosa, pero desde siempre tuvieron una gran amistad que sufrió un pequeño paréntesis cuando Luisa se casó con el telegrafista que había llegado recientemente al pueblo, Gabriel Eligio García, y la joven pareja se marchó de Aracataca.

Al contrario del coronel, que nunca quiso a su yerno, Rosa pensaba que el marido de Luisa tenía muchas cualidades: de buen carácter, era refinado, siempre estaba sonriendo y tocaba el violín con mucho sentimiento, lo que le añadía un halo de refinamiento.

Al llegar al pueblo, el joven telegrafista se sintió atraído por Rosa. Sin embargo, la maestra no estaba interesada en él. Algunos días más tarde el recién llegado empezó a cortejar a Luisa ocasionando en el hogar de los Márquez una hecatombe de dimensiones colosales debido a que el coronel no pensaba que el pretendiente estuviera a la altura de su hija, para la que quería un marido con una profesión como la abogacía o la ingeniería.

En un principio el coronel simpatizó con el telegrafista, quien no ocultó su propósito de establecerse en el pueblo. Sin embargo, al enterarse de que estaba interesado en su hija, las cosas cambiaron. No lo veía a la altura de Luisa, para quien buscaba alguien con una profesión universitaria como la abogacía o la medicina. Ante la inutilidad de sus esfuerzos para impedir que los novios se vieran, mandó a su Luisa a un largo viaje que tomó varias semanas. Pero mientras más se oponía a estos amores, más se empeñaba la joven pareja en defender sus sentimientos.

La joven, heredera del carácter de los Márquez y los Iguarán, era dueña de una determinación admirable. Soñaba con tener un hogar y se imponía por su carácter firme y sin dobleces. Con una fe inquebrantable cimentada en la firmeza de sus sentimientos, terminaría por casarse con el hombre que amaba, logrando pasar por encima de la inclemente oposición del coronel para quien el telegrafista era y sería siempre "un forastero".

A regañadientes, el coronel terminaría por aceptar firmar el acta oficial permitiendo que los novios se casaran, un requisito de la época debido a que la novia aún no había llegado a los veintiún años, cuando se alcanzaba la mayoría de edad. Sin embargo, firme en sus principios, el venerable patriarca se negó a ir a la boda, por lo que Luisa tuvo que pasar por el dolor de casarse en Santa Marta sin la presencia de sus padres.

La joven pareja decidió no dar su brazo a torcer y se mudó a La Guajira, lo más lejos posible del hogar de los Márquez. El coronel sólo bajó la guardia al enterarse de que su hija le daría un nieto. Fue entonces cuando decidió ampliar la casa para poder acomodar a la nueva familia. Detrás de la vivienda había un patio enorme, y aprovechando el espacio hizo construir al lado de la casa principal una segunda vivienda de madera, con techo de zinc, ubicada frente al cuarto de soltera de Luisa. Fue allí donde más tarde nació Gabito, justo frente a un pequeño jardín de rosas que sembró la niña Francisca con ayuda de los indios guayú.

Al marcharse Luisa del pueblo, creció la amistad entre Rosa y la niña Francisca Mejía, quien llevaba con una puntualidad de relojero suizo la organización y manejo de la casa de los Márquez. Rosa la describiría como una de las mujeres más trabajadoras y productivas que había conocido.

A pesar de que Gabito solía ir a la escuela con su maestra, otras veces lo hacía con la niña Francisca, quien además lo llevaba en las tardes a la iglesia a la hora del rosario, donde en ocasiones el padre Angarita le permitía ejercer como monaguillo con un ropón rojo. No pasaba desapercibido para Gabito el porte que ella tenía al caminar, muy erguida, con una suavidad peculiar que parecía que estaba flotando. Era una mujer delgada, de mediana estatura, pelo largo hasta la cintura que casi siempre recogía en una trenza. Vestía amplias faldas blancas que llegaban hasta los pies, y blusas cerradas al cuello, con mangas hasta los codos que almidonaba y planchaba hasta la perfección.

Otra de las características de la niña Francisca consistía en que era una mujer muy activa; no conocía la palabra ocio y, aparte de ocuparse de la casa, se encargaba personalmente de lavar, planchar y guardar la mantelería de la iglesia, además de sacarle lustre a todos los ornamentos. Nadie podía hacerlo como ella; en los almidonados linos irlandeses y suizos no se veía ni una sola arruga, y todos ellos se conservaban siempre blanquísimos. Al final de su vida, anticipándose a su adiós, tejió su propio sudario. Con eso se demostraba la organización y entereza de esta mujer, que parecía estar presente en cada detalle de la vida familiar.

Con el transcurso de los años la maestra conservaría siempre fresco el recuerdo de la casa grande en que vivían los abuelos del escritor, con techos de palma y paredes de bahareque como casi todas las casas del pueblo.

Según Rosa, la casa de los Márquez era una de las mejores de Aracataca. Allí vivían también las hijas de don Nicolás y doña Tranquilina, su hija Luisa, la tía Elvira, la niña Francisca, la prima Sara, además de la servidumbre, que incluía tres indios guayú que llegaron con la familia Márquez cuando se establecieron en Cataca, el nombre con el que muchos se referían a la población caribeña.

Durante el día los guayú vestían con pantalón blanco de un liencillo grueso, pero cuando descansaban usaban túnicas de algodón y se entretenían tejiendo chinchorros y hamacas. No les gustaba entablar conversación con las gentes del pueblo, ni con los de la misma casa. Comprendían cuando alguien les hablaba en "cristiano", como llamaban al castellano, pero preferían comunicarse entre sí en su propio idioma. Nunca habían ido a la escuela y no sabían leer ni escribir, ni consideraban útil aprender algo ajeno a su cultura ancestral.

Don Nicolás Márquez era muy respetado en Aracataca, donde sus habitantes lo rodeaban de un halo de misterio, ya que nunca se jactaba de sus arriesgadas y cruentas campañas en épocas políticas difíciles y caracterizadas por los odios partidistas, ni hablaba de la razón por la que escogió vivir en un pueblo tan remoto. El misterio había sido confiado por doña Tranquilina a la madre de Rosa, una tarde en la que le reveló que Cataca fue el refugio perfecto para ocultarse de la venganza de los hermanos de un hombre que lo retó a un duelo en el que don Nicolás resultó vencedor.

También reconocería Rosa entre los personajes de los libros a Margot, la tercera hija en el linaje de la familia García Márquez, una niña calladita, pálida y muy delgada que nació cuando los padres del escritor ya se habían mudado a Sincé. Preocupada por la salud de su nieta, doña Tranquilina se la había llevado a vivir a su casa con la esperanza de que sus cuidados ayudarían a la niña a subir de peso.

—No se imaginan lo que acabo de descubrir —le dijo un día doña Tranquilina a Rosa.

A continuación la preocupada abuela describió cómo a veces la pequeña Margot se sentaba a jugar en el patio, muy calladita. Al acercarse, había sorprendido a Margot comiendo tierra. Fue así como descubrieron que la causa de la desnutrición de la niña se debía a su curiosa afición. A partir de ese día las mujeres de la familia vivían vigilando a esta chiquilla de una salud enclenque como consecuencia de sus raras aficiones gastronómicas que la llevaban a despreciar la comida que le ponían en la mesa a causa de su predilección por el lodo del patio.

De pelo claro, mirada inocente y con un aire casi infantil, con excepción de sus manazas grandes, había un singular personaje en la vida de Aracataca. Era Benítez, el electricista y aprendiz de mecánico que enamoraría a Meme y que por un truco maquiavélico terminaría en una silla de ruedas, acusado injustamente de robar gallinas. En la vida real Benitez se ganaba la vida como electricista, cambiando fusibles y arreglando toda clase de desperfectos mientras por misteriosas circunstancias, las mariposas lo seguían por el pueblo. Algunos lo inculpaban de divulgar las indiscreciones de alcoba que inexplicablemente se convertían en la comidilla de los chismosos. Entonces, infaltablemente culpaban al electricista de ojos soñadores y oídos siempre alertas. A fin de cuentas, por estar siempre arreglando cables en todos los hogares era fácil que se enterara de los secretos que algunos guardaban bajo siete llaves, motivo por el que las comadres parlanchinas encontraban en el electricista el chivo expiatorio de todos los enredos que salían al descubierto.

Estos personajes cotidianos en la vida de Aracataca y sus extraordinarias transformaciones al ingresar en las obras del escritor hacían sonreír a Rosa, admirando la genialidad de quien había sido su alumno. "Gabito es único, tiene unas ocurrencias...", decía entre risas.

VII
Las espumas del río

Una mañana que caminaban rumbo a la escuela, poco después de haberse detenido a tomar leche tibia en casa de doña Juana, la conversación entre Rosa y Gabito empezó a tocar temas más serios que el hielo, la joroba del camello del circo o los espíritus que rondaban por las habitaciones de la casa del niño.

—Gabi, ¿qué quieres ser cuando crezcas? —preguntó la maestra

—También me lo ha preguntado mi abuelo —dijo el niño.

—No te preocupes, es muy temprano para que lo sepas, pero la vida te lo irá indicando. Tienes que hacer algo que te guste.

—Me gusta mucho leer —dijo el niño.

—Entonces puedes ser periodista, escritor, abogado. Cuando seas famoso, no te olvides de mí.

—No, yo no la olvidaré nunca —respondió Gabito.

Años más tarde, Rosa recordaría con nostalgia las vivencias y anécdotas del pueblito de su juventud, ése de techos de palma y zinc, paredes blanqueadas y zócalos de colores vivos que oscilaban entre el rojo, el naranja y el verde. Sin embargo, no dejaba de admirarse de que en su juventud no solía identificarlo con el paraíso. En aquellos tiempos, las imágenes de la jovencita soñadora no se ceñían a las pinceladas del cuadro perfecto ejecutado por un pintor romántico. Con los pies sobre la tierra, Rosa se daba cuenta de que Aracataca, el pueblo lejano y polvoriento que sus padres habían escogido para vivir, no ofrecía oportunidades distintas a las de trabajar en la United Fruit Company. Por otra parte, tal vez sus genes no estaban diseñados para los calores tropicales, y ese pueblo que adoraba con el alma, en las horas de más calor se aproximaba a la sucursal del infierno. De hecho, la temperatura subía casi a diario a los treinta y nueve grados centígrados y caminar por las calles a mediodía era una tortura. Ni los almendros parecían dar sombra en medio de ese sopor que se pegaba a la piel sin clemencia. Para aliviar un poco el exceso de calor algunos acudían a tácticas legendarias nacidas del sentido común, como la costumbre de transitar siempre por el lado sombreado de la calle, proteger la cabeza con un sombrero de ala ancha o caminar bajo una sombrilla. Asimismo, todos conocían las refrescantes ventajas de la ropa hecha de algodón o de lino, así como la importancia de vestir de color blanco.

Rosa y las mujeres del pueblo vivían en una lucha permanente contra el polvo y el sudor, que se pegaban al pelo quitándole brillo y volumen. Acostumbraban lavarse el cabello cada tercer día con jabón y después, para aclararlo, se pasaban la peinilla mojada en té de manzanilla o un té de linaza que alisaba el cabello rizado y era el favorito de los niños y los hombres, que a la usanza de la época llevaban el pelo tieso y pegado como si le hubiesen puesto un pegante.

—Mira qué pelo más lindo tiene la señorita Rosa —le dijo la mamá de una de sus alumnas.

Tener el pelo brillante era la mejor carta de presentación de una mujer. Por este motivo Rosa y sus hermanas solían cepillarse el cabello por varios minutos antes de acostarse a dormir. En esos días había un cepillo muy codiciado entre las mujeres de alta sociedad en Europa, elaborado con pelo de camello. Lo habían traído como una novedad unos mercaderes turcos que llegaban al pueblo con mercancías y objetos exóticos de la civilización, que incluían vajillas de Limoges bordeadas de oro, cubiertos de plata, sedas de la China, corsés finísimos para delinear la figura femenina, ungüentos que eliminaban los dolores y excentricidades que parecían ajenas a un pueblo tan lejano, pero que de todas maneras encontraban una fiel clientela. No hay duda de que estos comerciantes sabían cómo vender; nadie como ellos para hablar sobre las ventajas y propiedades de los productos que ofrecían. Ése era el caso del cotizado cepillo de camello, que aseguraban tenía propiedades especiales para brindarle fortaleza y brillo a la cabellera. Los efectivos mercaderes no dejaban de aclarar que era importante cepillarse cien veces todos los días. Pero nadie parecía dudar de las virtudes del novedoso cepillo que tenía un precio escandaloso y que, sin embargo, se vendió como pan caliente.

Otro de los secretos era utilizar el agua más apropiada para lavarse el cabello. Aracataca no tenía aún acueducto y el agua que se consumía en las casas era de tres orígenes distintos: la que se extraía del aljibe, la que transportaban del río y la que recogían cuando llegaban las lluvias.

La casa del coronel, al igual que la de Rosa, tenía su propio aljibe con una bomba de mano. Una tubería transportaba el codiciado líquido hasta el corredor de las habitaciones, muy cerca del comedor, donde había un platón y una jarra para lavarse las manos. Además, a una distancia moderada para que el jabón no contaminara el aljibe, se encontraba un lavadero para limpiar los platos y las cacerolas.

Sin embargo, el agua del pozo no servía para beber ni para bañarse el cabello debido a que, por algún error de cálculo, al excavarlo, el agua resultó salobre por las filtraciones marinas del subsuelo. Ése era el motivo por el cual el agua del río era imprescindible en todos los hogares.

—¡Ahí vienen los burros! Vamos, corran que ya están llegando —se oía que gritaban los niños con alegría siguiendo a los mansos cuadrúpedos en su recorrido por las calles llevando sobre sus lomos unas pesadas canecas metálicas cargadas con agua del río.

Más de una vez Rosa vio una lágrima furtiva descolgándose por la felpa gris de los nobles pollinos cuyos lomos parecían doblarse bajo el peso que llevaban. Los niños salían a darles la bienvenida con gritos y risas formando un gran bullicio al tiempo que les ofrecían pedacitos de panela, que los animalitos recibían gustosos.

Unos emprendedores burreros habían puesto en práctica su espíritu comercial al crear miniempresas de distribución de agua del río, casi siempre turbia, pero que las diligentes amas de casa se ocupaban de aclarar agregándole al tinajón un par de cucharadas de cristales de alumbre. Al revolver el líquido con un palo largo, como por arte de magia éste se volvía transparente ante la mirada sorprendida de los niños.

En un pueblo tan caluroso, resultaba natural que todos se bañaran dos veces al día: en la mañana por higiene y la segunda vez, en la tarde, para refrescarse. Era entonces cuando sintiéndose todos renovados disfrutaban la mejor parte del día: los hombres se reunían en el café, las mujeres —despidiendo una fuerte fragancia a colonia y polvos de jazmín— se sentaban frente a los portones con sus abanicos y los niños salían a jugar a la calle, limpios y peinaditos, mientras se tomaban el refrigerio de la tarde, que consistía en un vaso de avena con leche y vainilla y una hogaza de pan con mantequilla.

Se acostumbraba hervir el agua del río para eliminar las amebas y los parásitos tropicales. Después, la dejaban reposar a la temperatura ambiente y la vertían en filtros de piedra o en tinajas de barro para eliminar el desagradable sabor que tiene el agua hervida.

Pero el agua que se recibía como una bendición del cielo y se celebraba con alegría era la que traían las lluvias.

—¡Va a llover! ¡Corran, alisten las canecas! —se oía que alguien gritaba antes de que todos en la casa se pusieran en movimiento. La ocasión era como una fiesta que empezaba con la brisa agitando los árboles, esparciendo sobre los techos y corredores hojas verdes y amarillas. En un instante, llegaba la lluvia salpicándolo todo mientras las aves formaban un gran alboroto con sus trinos y aleteos.

Cada quien se ocupaba de ayudar en la tarea de aprovechar el agua que clara y cantarina resbalaba por

los techos de zinc hacia los canales que la transportaban hasta unas enormes canecas metálicas. Al llenarse,
se cubrían con una tapa con el doble propósito de que
las aves y roedores no las utilizaran, y no les cayeran
impurezas. El agua de lluvia era la favorita para beber
y preparar los alimentos en la cocina. De ahí que parte
de la rutina en todos los hogares incluyera ocuparse de
que las canales estuvieran limpias y bien colocadas para
cuando llegaran las lluvias. En casa de Rosa esa labor le
correspondía a su hermano Manuel.

En un día normal Rosa se levantaba a las seis de
la mañana y después de cruzar el patio pasaba por
el cuartito del inodoro antes de continuar hacia otra
construcción parecida que se usaba para el baño, cada
una de poco menos de tres metros cuadrados. Por ser
tan pequeños, eran muy calurosos y la humedad atraía
a los mosquitos, así que el placer de bañarse incluía la
tarea de repartir manotazos a diestra y siniestra para
repeler los molestos aguijones. Una vez Rosa se encontró una serpiente detrás del tinajón de agua, de ahí
su preocupación de revisar todos los rincones para
evitar un encuentro con los peligrosos reptiles o con
un escorpión.

Tal vez porque el agua era tan importante en la vida
diaria del pueblo y por evocar una sensación refrescante,
Rosa siempre conservaría de una manera muy especial
en su memoria las imágenes relacionadas con el tan apre-
ciado líquido vital. También disfrutaba recordando a la
entusiasta lavandera que en ocasiones fregaba la ropa en
la alberca de su casa, muy cerca de un árbol de guayaba.

Esa fragancia se convertiría con los años en un recuerdo refrescante, unido al suave aroma del jabón de lejía que tanto le gustaba.

Sin embargo, nada era comparable a la blancura luminosa de la ropa que se lavaba en el río. Algunas lavanderas atribuían los resultados a una técnica nacida en los largos años de práctica, empezando desde la adolescencia, cuando en compañía de otras mujeres se iban en grupo a lavar. Cada mujer escogía su piedra y las demás la respetaban. Algunas llevaban varios años lavando sobre la misma roca y muchas vivían de lo que les pagaban los norteamericanos de la zona. Llegaban temprano, en compañía de sus hijas adolescentes y de los hijos menores, y se devolvían en la tarde con su límpida carga, con la blancura característica de la ropa que se lava a mano y se pone a secar bajo el sol.

El proceso para esa condición nívea y libre de blanqueadores químicos parecía un ritual. Primero lavaban vigorosamente la ropa, después la exprimían levemente y la colocaban sobre las piedras para que se asoleara por varios minutos. Continuamente tenían que estar rociando las piezas recién lavadas porque si dejaban que el jabón se secara sobre la tela, aparecían unas manchas amarillas difíciles de eliminar.

Las lavanderas eran imprescindibles en todos los hogares. Contaban la ropa por piezas. Cuatro pañuelos equivalían a una pieza. Y hay que ver cómo planchaban el lino. Habían aprendido esta profesión de sus madres y abuelas, y se la enseñaban a sus hijas. Se trataba de un oficio muy humilde, pero respetable.

Algunas tardes, y siempre acompañada de una de las criadas que laboraban en su hogar debido a que sus padres no le permitían hacerlo sola, Rosa salía a caminar hasta la zona donde vivían los norteamericanos y altos ejecutivos de la United Fruit Company. Era un reparto de casas bonitas, a corta distancia del pueblo, rodeado por una cerca de alambre y con empleados de seguridad. Más adelante, siguiendo una ruta de inmensas piedras blancas, estaba su paraje favorito: el río.

Ya para entonces las lavanderas se habían marchado para sus casas. Acostumbraban llegar muy temprano sosteniendo sobre sus cabezas platones y bateas cargados de ropa sucia, que refregaban diligentes con jabón sobre las piedras del río. Sus voces alegres y sus cánticos se escuchaban por encima de la algarabía de los pájaros y las cotorras y las risas de sus hijos, que se entretenían haciendo saltar piedritas planas sobre el río.

Cuando algún muchacho se alejaba del grupo su madre le advertía:

—Cuidado que por ahí anda el hombre caimán.

Esa amenaza era suficiente para hacerlo regresar a toda prisa. Y es que niños y adultos solían atisbar el horizonte con el temor de encontrar al supuesto personaje que merodea los ríos; según la leyenda, es un personaje muy enamorado que siempre está cerca de donde las mujeres lavan ropa o van a bañarse.

A veces Rosa veía, doblada sobre la piedra, alguna lavandera que se había demorado en sus labores. Tratando de anticiparse a las sombras de la noche, acuciosa frotaba la ropa con energía contra la piedra mientras a lo lejos se escuchaban los golpes con los que castigaba la ropa mojada sobre la rocosa superficie, dejando un camino de espuma sobre la corriente del río. Su mamá siempre estaba pidiéndoles a las lavanderas que no restregaran la ropa contra las piedras, debido a que desgastaban la tela, pero éstas siempre hacían caso omiso, convencidas de que el método que tanto conocían era el que dejaba más blanca las prendas.

—Blanca, pero llena de agujeros —solía responder sabiamente la mamá de Rosa a quienes defendían el método de la piedra.

Embelesada, la joven maestra se quedaba por largo tiempo mirando el trayecto de las espumas al deslizarse sobre el río. ¿Llegarían a pueblos remotos, o tal vez al mar?, se preguntaba. Con envidia pretendía emular la danza libre que las frágiles burbujas parecían ejecutar, en su cadencioso viaje hacia tierras lejanas. Así permanecía largo rato, sentada sobre una piedra a la orilla, hasta que las últimas horas del día la sorprendían con la mirada en la lejanía, preguntándose hasta dónde llegarían.

VIII
Tanto dinero, que lo quemaban

Cuando las sombras empezaban a cubrir el horizonte y las aves volaban a buscar refugio en el frondoso follaje, Rosa apresuraba el paso para regresar a su hogar. Era entonces cuando por su mente comenzaban a galopar los acontecimientos presentes y pasados, en una sucesión de imágenes y visiones que rompían el silencio. Avanzaba feliz, soñando despierta, a pesar de los mosquitos que empezaban a dejarse sentir, empeñados en apoderarse del camino.

Le gustaba dar un rodeo para pasar de nuevo cerca de las casas de los ejecutivos de la United Fruit Company, empresa por la que sentía un gran aprecio, comparándola con el hermano rico que había traído trabajo y prosperidad al pueblo. Toda su vida Rosa le sería fiel a la gran compañía productora y exportadora de bananos a la que atribuía el rápido crecimiento de Aracataca y la riqueza que trajo consigo. Su llegada a la región representó una era de abundancia. De hecho, en algún momento corría tanto dinero que en los fines de semana los forasteros organizaban bacanales y en las noches hacían fogatas quemando rollos de billetes que incluso utilizaban como velones cuando salían a bailar.

Eran jolgorios prohibidos en los que abundaban el ron y el whisky importados, con la infaltable participación de las "mujeres de vida alegre", nombre que le parecía a Rosa muy acertado para quienes se dedicaban a ese oficio porque siempre estaban de fiesta en estas parrandas que se prolongaban hasta las primeras horas de la madrugada. Sobra decir que estas fiestas eran un tabú y estaban vetadas para todas las mujeres honorables del pueblo. También eran un dolor de cabeza para el cura de Aracataca, el padre Angarita, quien censuraba enérgicamente estas bacanales calificándolas de indecentes y pecaminosas.

La maestra recordaba que en su infancia las casas se alumbraban en las noches con mechones, velas o con lámparas de gasolina, que los encargados de mantener la lumbre bombeaban vigorosamente hasta que el combustible alcanzaba fuerza y quemaba con luz azulada una telita de gasa que alcanzaba hasta los rincones más lejanos con una potente luz blanquecina. Sin embargo, Rosa tenía alrededor de tres años cuando la planta eléctrica de la gran empresa bananera comenzó a extender sus redes y el pueblo empezó a iluminar sus noches hasta las diez, cuando se apagaba y todo quedaba sumido en la oscuridad.

Por haber crecido en un sector donde la presencia norteamericana era palpable, Rosa siempre se sintió muy cercana a los Estados Unidos, al igual que los miembros de su familia. Jamás compartiría las denuncias de la prensa sobre una supuesta matanza de empleados de la bananera durante un reclamo laboral, un tema en el que el jefe de la familia Fergusson y el coronel Márquez nunca lograban ponerse de acuerdo, de tal forma que desde entonces sus conversaciones se limitaban a un saludo cordial.

—Mañana almorzaremos en casa del coronel, quien le estará dando la bienvenida en su casa a una delegación de la Guajira —decía la mamá de Rosa esperando una respuesta de su esposo.

—Ve tú con las muchachas —respondía Pedro quien casi siempre encontraba una excusa para quedarse en casa.

Ambas familias estaban al tanto de este distanciamiento, pero las mujeres mantenían una relación muy cercana.

—¿No vino? —preguntaba doña Tranquilina, más bien por protocolo.

—No, comadre. Tenía que ponerse al día con algunas cuentas y tuvo que quedarse en casa con Manuel, que le está ayudando —respondía la mamá de Rosa.

La maestra y su familia defendían con elocuencia a la empresa que les permitió llevar una vida sin angustias económicas y hasta comodidades. Como muchos, sabían que de la presencia de la empresa norteamericana dependía su trabajo y supervivencia. Al final, toda la publicidad que rodeó al sonado conflicto laboral se convirtió en la piedra angular del cambio que experimentó Aracataca cuando la empresa se retiró en busca de destinos más hospitalarios, dejando atrás las construcciones que habían levantado. Como consecuencia, los habitantes del pueblo perdieron sus empleos, sus ilusiones de progreso y la posibilidad de tener una vejez tranquila.

Al terminar sus labores diarias, los hombres tenían muchas maneras de pasar el tiempo: jugaban ajedrez, dominó, póquer y veintiuna, o se entretenían haciendo chinchorros, como llamaban a las redes para pescar, a las que colocaban pequeñas pesas de plomo en la parte inferior, una labor que tomaba largos meses. Otros mataban las horas de tedio en la zona alegre. Las mujeres, en cambio, sin importar su condición social, eran expertas en las artes de las agujas: hacían croché y macramé, bordaban manteles en punto y cadeneta, o los juegos de sábanas que las jovencitas usarían en sus hogares cuando llegara su Príncipe Azul, lo que casi siempre tomaba más tiempo del que esperaban. El motivo era que los romances demoraban en concretarse debido al excesivo celo familiar.

Desde muy jóvenes, los varones se iban a estudiar a Barranquilla o Santa Marta, y solamente regresaban a pasar los fines de semana con sus familias. Era entonces cuando con ojo de águila se fijaban en alguna joven que ofrecía las condiciones que buscaban en su futura esposa, y empezaba el cortejo.

Siguiendo la tradición, las muchachas se sentaban en mecedoras frente a la puerta de sus casas, hablando con sus amigas. Los jóvenes las observaban y cuando alguna chica les gustaba se arriesgaban a caminar frente a ella y respetuosamente decían "permiso" mientras pasaban. Solamente se acercaban a saludar después de un primer encuentro y de haberse asegurado —por una mirada o una sonrisa— que su interés sería correspondido. Con frecuencia surgía entonces un romance que se expresaba a través de las cartas que el enamorado dejaba disimuladamente al pasar, o que hacía llegar por medio de terceros, ya que los padres siempre formaban una muralla para que los galanes no se acercaran a sus hijas.

A Rosa le atraía la idea de encontrar al hombre de sus sueños frente a la puerta de su casa. Sin embargo, su mamá se las había ingeniado para evitar que esto ocurriera tan pronto.

Con el argumento de que su hija necesitaba distraerse y para que no pensara en "majaderías", como se decía en aquellos días, la mamá de Rosa decidió mandarla durante las noches de los fines de semana a jugar lotería en casa de doña Tranquilina. Ése era un programa que no fallaba los sábados o domingos, cuando los muchachos volvían al pueblo.

Después de bañarse, perfumarse y embellecerse, Rosa se sentaba con sus hermanas frente a la puerta de su casa. Sabía que pronto, por la calle principal, empezarían a pasar los jóvenes con intenciones románticas. Pero apenas unos minutos más tarde pasaba Wenefrida a invitarlas a jugar lotería en casa del coronel, una invitación que nunca pudieron eludir echando por tierra los sueños románticos de las jovencitas.

A falta de acción, la imaginación era muy importante en esos romances, que estaban llenos de expectativa y reserva. Una carta, una flor o una mirada eran capaces de iluminar noches enteras. Los galanes se aprendían de memoria los mejores poemas de la época, que recitaban a sus enamoradas. Rosa disfrutaba leyendo al poeta modernista colombiano José Asunción Silva y recitaba de memoria su *Nocturno III* sobre el recuerdo de la mujer amada una noche de luna en la que su reflejo proyecta en el camino una solitaria sombra larga. También estaba entre sus escritores favoritos el escritor irlandés Oscar Wilde, que Rosa recitaba de memoria. De sus cuentos infantiles se destacaban *El príncipe feliz*, *El gigante egoísta* y *El ruiseñor y la rosa*, que formaban parte del menú editorial para inculcarle a sus alumnos el amor a la literatura, añadiendo una enseñanza moral. Y en cuanto a la obra maestra de Miguel de Cervantes, *Don Quijote de la Mancha*, no solamente había disfrutado las legendarias aventuras del enflaquecido personaje, sino que desafiando a quienes señalaban que esta obra era difícil de entender para los más jóvenes, Rosa sabía cómo llevarles a sus alumnos las aventuras del gran caballero andante, seguido en un rocín por Sancho Panza, su fiel escudero.

Segura de que las buenas lecturas estimularían la imaginación de los niños, Rosa siempre tenía una nueva historia para compartir con sus alumnos. A través de estos cuentos viajaban en alfombras voladoras, soñaban con princesas encantadas o se sorprendían con los personajes extraordinarios de *Las mil y una noches*, libro fascinante que gozaba de gran popularidad entre adultos y niños, a pesar de que algunos de los cuentos de la colección más importante del mundo árabe estaban prohibidos para menores.

La vida de los habitantes de Aracataca era una mezcla de monotonía y entretenimiento, entre lecturas, sueños por realizar y problemas del diario vivir. Nadie pasaba hambre porque todos los hombres tenían trabajo, y lo que ganaban les alcanzaba sobradamente para sostener a sus mujeres y sus hijos. Las mujeres se ocupaban de las labores de la casa y contaban con un séquito de criados que generalmente terminaban por sentirse parte de la familia para la que trabajaban. Con los años Rosa llegaría a la conclusión de que en ese pueblo no existían realmente verdaderas preocupaciones. A pesar de lo alejado que estaba Cataca de la llamada "civilización", siempre pasaba algo: desde un bazar o un reinado de belleza, hasta un cumpleaños o un bautizo. Allí no se conocía el fantasma de la soledad que con frecuencia atormenta a los habitantes de las grandes ciudades.

La joven maestra disfrutaba todos los quehaceres y detalles cotidianos que rodeaban la marcha de ese hogar en el que creció en medio del bullicio de sus padres y hermanos. Sin embargo, sus progenitores siempre tendrían en sus corazones el dolor de ese hijo que fue su adoración y que murió a los cuatro años. Don Pedro, como le decían en el pueblo a su padre, era un hombre respetado por todos, muy trabajador, honesto y de costumbres sanas. Jamás llegó a su casa bebido y jamás se involucró en alguna aventura de faldas. Sus hijos lo temían y adoraban, en una época en la que la autoridad de los padres no se cuestionaba. Rosa tuvo una niñez feliz en Aracataca, al lado de sus hermanos Manuel, Isabel y Altagracia; una familia que creció sin preocupaciones sobre el futuro.

A pesar de su carácter abierto, Rosa se cuidaba de hablar de sus intenciones de explorar el mundo que existía más allá de Aracataca, debido a que toda su familia soñaba con vivir allí toda la vida. Años más tarde radicó en Sevilla, uno de los sectores habitados por los empleados de alto rango de la Zona Bananera. Allí compró una hermosa casa de las que construyó la compañía durante el apogeo de su permanencia en Colombia. Rosa lo describiría como un hombre que disfrutó siempre el presente y era feliz recreando en su memoria el pasado. Más de una vez le oyó decir que si se le presentara la oportunidad, no cambiaría nada en su vida, con tal de no perderse ni uno solo de sus momentos transcurridos en Aracataca. Así pensaban también sus hermanas, quienes disfrutaron cada acontecimiento, incluyendo nacimientos, bodas y primeras comuniones. Y aunque, como todos, resentían el calor y el polvo, sabían sacarle provecho a las cosas positivas que encontraban en el pueblo, incluyendo el atractivo de sus leyendas, la alegría de sus gentes, las tardes frescas bajo la sombra de los almendros y acacias, y muy especialmente los recuerdos de sus abuelos, que al marcharse de este mundo dejaron vivas sus historias a fuerza de contarlas repetidamente a sus hijos y sus nietos, que siempre los escuchaban con fascinación.

Aún no se conocía el teléfono, ni la televisión, ni se sabía que la luna era un territorio desolado y árido. Pero Rosa diría más tarde que haber nacido en la primera decena del siglo XX le permitió disfrutar de una capacidad de asombro infinita frente a todos los grandes descubrimientos que fueron surgiendo: las refrigeradoras eléctricas, el teléfono, las cocinas de gas, las películas en colores, la radio, las calles pavimentadas, los automóviles, el aire acondicionado, la televisión, el avión y los vuelos espaciales.

Como casi todas las gentes del pueblo, al final de la tarde Rosa acostumbraba sacar su mecedora para sentarse bajo un frondoso árbol de almendro, anticipando la tertulia del vecindario, que sin una convocatoria especial coincidía con el descenso del sol en el poniente cubriendo el horizonte de tonalidades rojas y anaranjadas. Era el mejor momento del día, para el descanso y la charla sabrosa. Casi siempre llegaba acompañado de una ligera brisa y las calles parecían convertirse en un gran salón de visitas mientras los niños correteaban.

Rosa se sacudía entonces del cansancio de las labores diarias. Mientras se balanceaba en la mecedora soñaba despierta.

IX

Entre gitanos y chamanes

Todos los años los gitanos llegaban al pueblo con sus ropas coloridas y mucha fanfarria en medio de la curiosidad de los niños y la desconfianza de los adultos. Los malabaristas tiraban sus pinos de boliche al aire, los saltimbanquis hacían piruetas que desafiaban las leyes de gravedad, las mujeres danzaban con sus faldas coloridas tocando unos pequeños timbales o campanitas metálicas entre el dedo pulgar y medio de cada mano mientras otras hacían sonar sus castañuelas españolas con furor de carrileras. No podía faltar "el hombre más grande del mundo", que desde sus zancos de madera se elevaba hasta una altura de diez metros. Asimismo, con cada visita los gitanos aumentaban su capital de animales exóticos que incluía un viejo león, un camello, un puma, varios monos, un zopilote y cinco perros amaestrados para hacer piruetas.

—Gabito, si te portas bien te llevaré el sábado al circo —dijo Rosa al caminar con su alumno hacia la escuela.

—Maestra, yo siempre me porto bien, y como nunca he visto un camello, mi abuelo dijo que me llevaría a verlo y hasta tocarlo —respondió el niño con entusiasmo.

Cada año los habitantes de Aracataca iban a admirar los artefactos que poseían estos magos y que incluían espejos que distorsionaban el reflejo de quienes se les pusieran al frente, haciéndolos ver patéticamente alargados, cabezones y flacos o rechonchos y diminutos, causando estupor entre los curiosos. Los gitanos fueron los primeros en sorprender a los niños con una enorme barra de color negro que ellos llamaban imán, y que tenía el poder de atraer todos los objetos metálicos. También transportaban un lente largo y, por un centavo, se podía mirar en la noche, por tres minutos, la luna y las estrellas. Todo esto sin contar el gran espectáculo que ofrecían con animales entrenados, malabaristas, payasos y trapecistas dispuestos a jugarse la vida desde una cuerda atravesada en lo más alto de la carpa del circo. Una vieja carpa, por cierto, que estaba tan agujereada que a través de los pequeños orificios era posible ver las estrellas.

La llegada de los gitanos a veces coincidía con la de otros personajes no menos extraordinarios, que incluía comerciantes turcos con finísimas sedas y brocados, esmirriados agoreros del fin del mundo, ermitaños sin rumbo que invitaban a la conversión y el cambio espiritual, forasteros con misteriosos pasados en busca de una nueva oportunidad y locos que habían perdido la razón en tiempos inmemorables y deambulaban famélicos por el pueblo hasta que las autoridades les regalaban un tiquete de tren para que se marcharan hacia otras poblaciones.

Asimismo, durante su apogeo económico Cataca era frecuentada por culebreros, que se decían chamanes y acostumbraban llevar serpientes colgando del cuello para buscar la atención del público mientras vendían menjunjes que supuestamente curaban todos los males humanos y divinos.

Gabito los miraba fascinado, y aunque no entendía el significado de las enfermedades que decían curar, le encantaba presenciar el espectáculo.

"Deténgase un minuto, señor, señora o señorita, y escuche lo que tengo que decirle porque seguramente traigo el remedio que usted necesita. ¿Sufre de sudores, calores y temores? No se preocupe, que el indio Damián sabe cómo curarlo y en esta botellita que tengo en mi mano va a encontrar cómo solucionar su problema. Apenas unos cuantos pesos para devolverle la tranquilidad que usted tanto necesita. Aquí tengo también un incienso especial traído de la India que le servirá de ayuda en cualquier tarea que se proponga. Cómprelo usted, caballero, cómprelo señora o señorita, que ya verá cómo sirve para combatir las migrañas, el escorbuto, los dolores menstruales, la tiña, la lepra, el vitiligo, los dolores de muela, la acidez, el estreñimiento, los sudores, el asma, la depresión, la anemia, los parásitos intestinales…

"Ah, y si tiene dudas, mire este pomo lleno de ascárides y lombrices que recién esta mañana una señora le sacó a su hijo, un niño barrigón que después de tomarse dos cucharadas de esta medicina quedó curado por completo. Así que no lo piense más, haga la prueba si quiere que su niño quede libre de parásitos con este poderoso vermífugo. También tengo en este frasquito azul la cura para la anemia, los malestares y el cansancio, una medicina que hace que a los tres días un enfermo pueda levantarse de su cama. ¿Sufre de mal de amores? No se preocupe, que aquí le tengo la solución a su problema. Solamente tiene que comprar esta pócima que he traído de los montes Himalayas, donde se fabrica con una misteriosa hierba milagrosa. No solamente garantiza que su pareja no le será infiel, sino que además le ayudará a encontrar la felicidad que está buscando.

”Si tiene vómitos, mareos, dolor de cabeza, estreñimiento, paludismo o fiebres reumáticas, venga usted señor, señorita o niño, que aquí tengo este frasquito, que es el último que me queda para combatir efectivamente todos esos males. Ah, y aparte le incluyo la oración correspondiente para que el Altísimo le dé protección y no vuelva a sufrir enfermedades”.

El audaz hombre empezaba entonces a circular un sombrero entre la gente que se había reunido a su alrededor, mientras seguía diciendo:

“Cinco pesos, cinco pesos y además del elixir para la salud integral le doy esta milagrosa pomada que usted se puede frotar en los brazos todas las noches y dormirá como un recién nacido. Acérquese, acérquese, no tenga miedo que aquí está el indio que le cura de todos los males. No se vaya que esta oferta es por tiempo limitado, no la deje ir, no la deje ir. Recuerde, son apenas cinco pesos y usted podrá tener cualquiera de estas medicinas tan importantes para su familia, y por ocho pesos le encimo otra pomada y no tendrá que volver donde el médico. Puede comprar las cuatro botellitas por quince pesos, ya lo escucha, quince pesos, y podrá llevarle la salud a su viejita, a su mamá que tal vez se siente impedida después de haber tenido una vida activa y ahora sufre de artritis. Sí, señor, usted puede darle esperanza y una nueva vida llevándole esta medicina. No pierde nada con ensayar este producto, que de paso, señorita, usted, la de la blusa rosada, encontrará muy especial porque le tengo una gran sorpresa, este producto suaviza la piel y hace crecer las pestañas", seguía diciendo el culebrero mientras los billetes iban cayendo en su sombrero a medida que distribuía entre la concurrencia los frascos y pomos con sus milagrosos menjunjes y yerbas curalotodo.

—Maestra, mire… ¡Qué cantidad de dinero! —dijo Gabito sorprendido al ver pasar el sombrero desbordando billetes.

Rosa no dejaba de asombrarse de la credulidad de la gente, y de la forma como estos audaces comediantes montaban su teatro. Las culebras eran el anzuelo para que la gente se detuviera a su alrededor a mirar los ofidios, ocasión que el hábil vendedor aprovechaba para hacer la presentación de sus productos. Otro de sus asistentes se colocaba en medio del grupo de espectadores y fingía ser un cliente, siendo el primero en sacar un billete para la compra del producto. Este interés del supuesto cliente generaba una reacción en cadena entre la concurrencia de gentes curiosas e ingenuas, ansiosas de ensayar estas panaceas universales.

Su encuentro con los culebreros llegados de Antioquía, una región montañosa a varias millas de distancia al oeste del país, ocurría generalmente durante los fines de semana, que era cuando toda la gente salía de sus casas para hacer el mercado y el vendedor de labia fácil y entretenida tenía mayores posibilidades de éxito. Terminada la venta, ponía pies en polvorosa antes de que los ingenuos compradores descubrieran su engaño.

En más de una ocasión, desde el púlpito, el padre Angarita prevenía a sus fieles del fraude de los culebreros al igual que exhortaba a la gente a cuidarse de los gitanos cuando llegaban al pueblo con sus descubrimientos y sus habilidades para leer el futuro en una bola de cristal, el tarot o la mano. Entonces, muy serio, sacaba la Biblia y les advertía que quienes los consultaran no podrían entrar en el reino de los cielos, tal y como podían leerlo a pie juntillas en un versículo. "Dios aborrece en su corazón a quienes consultan con magos y adivinos", leía. Después añadía con voz grave: "Yo no lo estoy inventando. Está escrito en la Biblia".

Rosa no necesitaba consultar un mago para saber que su vida sería una aventura maravillosa en la que ella sería protagonista de su propio destino. A fin de cuentas, el privilegio que tuvo de haber sido elegida Reina de los Carnavales le daba un fácil acceso con la gente permitiéndole estar al tanto de casi todo lo que ocurría en el pueblo. Desde un velorio hasta un jolgorio, nada se le escapaba y, con la misma destreza que bailaba, tenía una gran retentiva para recordar las caras y nombres de la gente. Despierta y vivaz, su charla entretenida captaba la atención de hombres, mujeres y niños. Asimismo, era muy organizada y se caracterizaba por su impecable presentación personal; desde sus cabellos hasta su ropa, Rosa siempre estaba limpia y perfumada y era un ejemplo para las jóvenes del pueblo. Aparte, se decía que todos los hombres jóvenes de la región soñaban con hacerla su esposa.

A pesar de su dedicación al magisterio, Rosa esperaba encontrar algún día a su Príncipe Azul. De ahí, su deseo de quedarse los sábados y domingos en casa con el propósito de ver a los muchachos pasar frente a su puerta.

Los pretendientes de Rosa se paseaban impacientemente esperando verla frente a su puerta, pero ella estaba lejos de la vista de todos, jugando lotería. Esas ocasiones las aprovechaba Gabito, quien frecuentemente se sentaba muy cerca de Rosa para pedirle que le pintara algún dibujo en un cuaderno o que le revisara las tareas de la semana.

—Parece una ironía de la vida; nosotras éramos unas jovencitas llenas de ilusiones y deseosas de descubrir el amor y nos perdíamos esa etapa linda e importante de la vida porque de una forma egoísta los mayores nos mandaban a jugar lotería con Wenefrida Márquez, hermana del coronel, y su marido, Rafael Quintero, un señor educado en el interior del país. El programa de jugar lotería tenía un pretexto muy bien disimulado. Nosotras en cierta forma nos dábamos cuenta de que lo hacían para evitar que tuviéramos pretendientes. Sobra decir que mientras nosotras ilusionadas soñábamos con el amor, nuestras familias nos negaban la posibilidad.

A veces internamente Rosa renegaba de su educación, que la hacía sentirse avergonzada de decir que no a la infaltable invitación a casa de sus vecinos.

A cambio de permitirles a sus hijas la oportunidad de conocer al galán de sus sueños, compensaban ese vacío con una vida familiar muy activa. Todas las novedades que ocurrían en los hogares de parientes y amigos, eran recibidas como propias. De hecho, desde los entierros y primeras comuniones hasta los cumpleaños, bautizos, bodas y nacimientos, cada evento se convertía en un acontecimiento social en el que se reunían más de cincuenta personas entre hombres, mujeres y niños.

La casa del coronel Márquez era una de las más frecuentadas por los visitantes de Aracataca. Los Márquez conocían las artes de la hospitalidad como nadie. Allí todo el mundo era bien recibido, de manera que el hecho de que diariamente estuvieran jugando en su casa no era un inconveniente para la intimidad familiar, sino algo muy natural. Más bien se mostraban encantados de tener su casa llena de gente y daban por seguro que la acostumbrada legión de jugadores disfrutaba de la tertulia. La mejor parte, decía Rosa, era al final de la tarde cuando doña Tranquilina sorprendía a sus invitados con figuritas de caramelo y panecillos recién horneados.

Para Rosa no era un secreto que estas invitaciones formaban parte de un pacto secreto entre las comadres y amigas del vecindario, empeñadas en que sus hijas no perdieran el tiempo con muchachos que por su juventud no habían coronado todavía una carrera universitaria y por lo tanto no podían ofrecerles un mejor nivel de vida. La piedra en el zapato del coronel Márquez era el pretendiente de su hija, y no dejaba de lamentarse de haberle abierto la puerta de su casa al telegrafista del pueblo, un hombre que ganaba poco, carecía de una profesión universitaria y, encima de todo, había pertenecido en el pasado al partido político contra el que había luchado el coronel y por el que se había jugado la vida. Jamás se perdonaría no haber estado alerta para evitar que el forastero le arrebatara las esperanzas de un buen futuro a la niña de sus ojos, Luisa, el único tesoro que le había quedado después de la muerte de su hija Margarita.

X

El coronel pierde una batalla

Los amores de Luisa y Gabriel Eligio fueron una señal de alerta para los padres de Rosa y de preocupación para los Márquez. Con tal de exorcizar a su hija del romance con el telegrafista, el coronel hizo todo cuanto estuvo a su alcance: le habló de las dificultades de la vida, le explicó que cuando en un hogar faltaba el dinero el amor se extinguía de la misma forma que una flor se marchita por falta de agua y, por último, cuando vio que nada funcionaba en su testarudo corazón, decidió que la distancia sería el mejor antídoto contra esos amores y envió a Luisa a una finca a varios días de distancia del pueblo. Tenía que sacarle de la cabeza al telegrafista si quería verla casada con un médico, un abogado o un ingeniero y nada mejor que la distancia para enfriar los corazones. "Ojos que no ven, corazón que no siente", pensó, seguro de haber tomado una buena decisión al separar a los jóvenes enamorados. No se imaginaba que luchar contra el sentimiento que los unía era como desconocer la inmensidad del mar que se extendía a cuatro horas del pueblo.

El coronel se resistía a darse por vencido, pero enfurecido veía que los caprichosos amores de su hija le resultaban más difíciles de vencer que los enemigos con los que se batió a sangre y fuego en la guerra de los Mil

Días. "Has ganado un nuevo hijo", le dijo un día la mamá de Rosa al bravo guerrero. No muy convencido de los beneficios que podría aportar este "hijo" que quería imponerle el destino, el coronel se aclaró la garganta y después de un breve carraspeo, expresó que tenía algo por resolver, se puso su sombrero y salió a la calle.

Todo el vecindario estaba atento a esta lucha desigual entre el recio coronel y la jovencita enamorada. Pero Luisa estaba decidida a conseguir apoyo de personalidades de respeto que le demostraran al coronel cuán equivocado estaba al oponerse a sus amores. De hecho, hasta consiguió la mediación de las altas jerarquías eclesiásticas a través de monseñor Pedro Espejo, quien había llegado a ejercer el sacerdocio en Roma, con el cargo de secretario privado del papa.

—Si le seguimos diciendo que no, es capaz que va y habla hasta con el Papa —le comentó doña Tranquilina una tarde a la mamá de Rosa.

El sueño de una gran boda nunca se cumplió ni para el coronel y doña Tranquilina, ni para sus amistades que esperaban la ocasión como un evento memorable en el pueblo. Debido a la oposición familiar, Luisa y Gabriel Eligio terminaron por casarse en Santa Marta sin la presencia de sus padres y se mudaron a Riohacha. Poco tiempo después Rosa se enteró por doña Tranquilina que Luisa estaba esperando a su primogénito. Aparte del dolor de no tenerla a su lado, ahora les preocupaba su salud, así que le escribieron pidiéndole que retornara al hogar para acompañarla en el parto y ayudarla con los primeros cuidados del que sería su primer nieto.

Anticipando el regreso de su hija, el coronel decidió ampliar su casa para acomodar a la joven familia. Con este propósito encargó esta tarea a un albañil que se ufanaba de sus buenos oficios con el título de "maestro de obra". El hombre apareció con un ayudante y después de tomar las medidas en el patio de atrás se dedicó a trazar un rectángulo enmarcándolo con una cuerda sostenida por cuatro estacas apuntaladas en cada esquina.

Era primo lejano de Mauricio Babilonia y al día siguiente volvió con su ayudante, un hombre inolvidable por su figura. Fuerte a pesar de lo delgaducho, vestía siempre pantalón de mezclilla y camisa de opal, sombrero de ala ancha y una sonrisa de dentadura incompleta iluminada por un diente de oro. Empujaba una carretilla con mucho entusiasmo mientras inundaba el patio con arena, tablas de madera y tejas de zinc. Pronto se sentía su presencia en la casa por su hábito de caminar con su pesada carga silbando alegremente un tema musical irreconocible.

A medida que pasaban los días, cada miembro de la familia parecía sentirse exasperado por el ritmo lento con el que avanzaba la construcción, a pesar de la continua vigilancia de la niña Francisca, que no le ocultaba al contratista su preocupación por la demora. "Al paso que van, el niño estará caminando cuando ustedes por fin terminen de trabajar", decía. Los días de lluvia no se aparecían por la obra, argumentando que era imposible trabajar con mal tiempo por el peligro de que les cayera un rayo encima. En los días de sol, el problema era que había pescado un resfriado y el calor le iba a subir la fiebre. Un par de días se ausentó por causa de la resaca, después de haberse bebido gran parte del dinero que le habían anticipado por la obra. Finalmente, a pesar de los contratiempos, las lluvias y las interrupciones, la anhelada ampliación se terminó y se le dio el último brochazo al cuarto de Luisa, al que se le habían arreglado unas goteras en el techo y las paredes habían sido blanqueadas dándoles una apariencia fresca.

El regreso de Luisa fue un gran acontecimiento en la familia Márquez. Todo el vecindario, que había estado pendiente del proceso de construcción, pasó a inspeccionar la nueva adición a la vivienda y el jardín de rosas que la niña Francisca sembró, con la ayuda de los indios guayú, justo frente a la ventana donde nacería el tan esperado heredero.

Había rosas blancas, rosada y amarillas, que después fueron las preferidas del escritor, pero definitivamente el clima de Aracataca no se prestaba para el cultivo de estas flores cuya siembra es más apropiada para las zonas frías.

La niña Francisca regaba a diario los tallos espinosos del rosedal. Pero las flores solamente empezaron a brotar como por arte de magia después de una de las ruidosas llegadas de los gitanos al pueblo. "Coloca una de estas pastillas a cinco centímetros de cada planta que quieras ver florecer", decía el hombre con un pañuelo amarrado alrededor de la cabeza, que hablaba con solemnidad de quien ha descubierto la varita mágica para darle colorido y fragancia al mustio paisaje. De manera increíble, sus palabras se cumplieron.

Años más tarde alguien consiguió que el gitano revelara un gran secreto: el costoso pomito proveniente de tierras lejanas era realmente aspirina, en ese entonces uno de los más recientes descubrimientos de la medicina para aliviar el dolor, pero que también obra maravillas haciendo florecer algunas plantas como los rosales, los jazmines, las azaleas y las buganvillas.

Sin embargo, a pesar del empeño de la niña Francisca en demostrar que sus cuidados en el jardín serían capaces de desafiar las leyes de la naturaleza, estaba librando una lucha desigual entre su optimismo y la abrumadora realidad de cultivar rosas en ese caliente retazo de trópico. Cada botón que brotaba y cada flor eran motivo de una entusiasta celebración por parte de todo el núcleo familiar. Resultaban admirables el tesón y las horas de trabajo invertidas para conseguir estos fragantes milagros. Hasta que pareció darse cuenta de la difícil batalla para mantener su jardín y la inutilidad de sus esfuerzos con los rosales, y una tarde regresó con aire triunfante trayendo entre las manos un pequeño jazmín.

El nuevo arbusto se demoraba en crecer, pero a medida que pasaban los días se veía fuerte y saludable al tiempo que en las ramas le iban brotando unas hojitas de un verde encendido, brillantes y sin la languidez que mostraban los rosales en las horas próximas al mediodía. Muy pronto la fragancia del jazmín coronó los esfuerzos de Francisca y las perfumadas flores blancas sustituyeron las delicadas rosas que en ocasiones especiales adornaban el centro de la mesa del comedor.

Antes del regreso de Luisa a Cataca, el coronel había prometido que trataría bien a su yerno; sin embargo éste no regresó hasta varios meses después de haber nacido la criatura. A su llegada, las cosas parecieron funcionar bien entre el padre y el abuelo del nuevo heredero, en medio de una cortesía que distaba mucho de una cálida relación familiar. De hecho, a medida que pasaba el tiempo se hacía más evidente la decidida resistencia del suegro. El joven telegrafista pretendía no darse cuenta de la poca gana que el coronel le demostraba. Gabriel Eligio era un hombre supremamente educado, y jamás nadie escuchó una reacción suya al trato de su suegro, que con frecuencia parecía ignorar su presencia.

Suegro y yerno convivían en la misma casa, bajo un clima que más bien se asemejaba a una guerra fría por parte del coronel. Sintiéndose culpable de no poder ofrecerle a su mujer los títulos profesionales que sus padres esperaban, Gabriel Eligio trataba de mantener una cautelosa distancia del gran patriarca de la familia Márquez. Este comportamiento, más que una represalia, estaba motivado por el respeto hacia el patriarca. Con una paciencia infinita, el recién llegado trataba de ignorar los mal disimulados desplantes que ocasionalmente recibía de su suegro. Cualquiera diría que el coronel se había empeñado en poner a prueba la resistencia del hombre que le había arrebatado los sueños de un mejor futuro para su hija.

Nunca, sin embargo, consiguió el coronel que su yerno diera una sola muestra de inconformidad o enojo. La paciencia de Gabriel Eligio parecía casi infinita, no solamente por su carácter noble sino además porque tenía el convencimiento de que el tiempo lo cura todo, aparte de que a lo largo de su vida había podido darse cuenta de que todo hombre cambia con el paso de los años y la llegada de los nietos.

No se equivocaba del todo. El pequeño Gabriel desde su nacimiento se convirtió en el centro de atracción de toda la familia y del vecindario. Tal y como lo había anticipado Gabriel Eligio, el coronel quedó prendado de su nieto. Sin embargo, su resentimiento hacia el yerno no parecía ablandarse. Gabito era apenas un bebé cuando sus padres se marcharon. Según Rosa, sus padres habían decidido dejar al niño con sus abuelos, que estaban muy entregados a él y, a su vez, el nieto estaba muy apegado a ellos. Al lado del abuelo, el niño aprendió a dar sus primeros pasos. Salían a la calle caminando; el anciano lentamente y el niño con sus pasitos cortos, esforzándose para sostenerse.

Vale destacar que en un clima tan ardiente como el de Aracataca, Rosa no vio nunca al coronel salir a la calle sin su saco. Todos los días, antes de que el niño llegara a la edad escolar, la bella jovencita veía pasar muy de mañana al abuelo con su nieto. Se preguntaba a quién podían ir a visitar tan temprano. Por la tarde los veía pasar de nuevo. El abuelo hablaba despacio y el niño escuchaba atentamente las historias que el coronel le contaba.

—Allá va don Nicolás con su prenda —decía don Pedro al ver pasar al coronel con Gabito. Era obvio el orgullo del viejo guerrero al caminar al lado de su nieto.

A veces la maestra pasaba de visita donde sus vecinas llevando como obsequio algún dulce preparado en su casa. La niña Francisca, en reciprocidad, invitaba a Rosa a que la acompañara al patio a bajar guayabas dulces y ácidas con la ayuda de una vara larga que siempre estaba recostada en un árbol o una esquina de la casa. Rosa recordaba que ese patio era muy grande y tenía el aroma característico de las frutas del trópico, que incluían mangos y guanábanas. Inclusive hubo una época en la que hasta tuvieron varias cabras, de las que salía el plato principal cuando llegaban muchos visitantes a casa del coronel.

La niña Francisca y Rosa disfrutaban yendo a bajar guayabas en ese patio, que en ese entonces estaba muy bien cuidado. Algunas frutas las consumían allí mismo, y guardaban el resto para hacer jugos después de pasar la pulpa por un cedazo.

Las calles siempre estaban cubiertas de polvo, al igual que todos los muebles y lo que había adentro de las casas. Por eso, a pesar del calor nadie acostumbraba salir a la calle en sandalias, porque los pies terminaban llenos de polvo. Las mujeres usaban zapatillas cerradas, sin medias, mientras los hombres se ponían zapatos con cordones, y medias, más por costumbre que por comodidad. Sin embargo, no había manera de convencer a un hombre de que usara sandalias en la calle.

Volvían a tomar el camino de regreso a casa al mediodía para un receso sagrado de todo el pueblo, el del almuerzo, de dos horas y media repartidas entre una hora de almuerzo y una breve siesta o la posibilidad de un baño corto para refrescarse. En los alrededores se escuchaba el sonido de la campana para anunciar la salida de los estudiantes y las calles empezaban a llenarse de las voces infantiles y la alegría de los niños al emprender el regreso a sus hogares para el almuerzo.

A las dos de la tarde la maestra salía de nuevo de su casa hacia la escuela. Los pequeños estudiantes de Rosa llegaban llenos de entusiasmo anticipando con alegría las lecturas con las que la maestra sazonaba las últimas clases del día. Con frecuencia los cuentos quedaban inconclusos y la trama se prolongaba por varios días, aumentando la expectativa de los pequeños estudiantes, fascinados con las narraciones y hasta anticipando en la imaginación lo que ocurriría en la lectura del día siguiente.

Como una Scherezada que se juega la vida al contar sus historias, la maestra ponía tanto empeño en sus lecturas que resultaba natural que los niños se quedaran en sus asientos escuchándola hechizados.

Los sábados, al igual que todos los colegios y escuelas del país en aquella época, había clases en las mañanas. Y siguiendo el modelo de los países europeos más avanzados, no se ponían tareas para el fin de semana. A fin de cuentas, al igual que los adultos, los estudiantes necesitan tener un descanso para refrescar la mente y el espíritu. Rosa nunca entendería la mentalidad de los maestros que recargaban a sus alumnos con tareas para los días que supuestamente deberían ser de reposo y esparcimiento familiar.

Las gentes del pueblo tenían varias costumbres, casi tan sagradas como ir a la iglesia los domingos. Una de éstas tenía que ver con la preparación de las tertulias de la noche. De hecho, poco antes del comienzo de estas amenas veladas, en los vecindarios empezaban a rociar la calle con agua. Casi siempre esta tarea le correspondía a la servidumbre, pero era frecuente que cualquier miembro de la familia lo hiciera. La estrategia resultaba efectiva para combatir el polvo, esa nube casi invisible que estaba presente en todas partes, cubría las mesas, las cazuelas de las cocinas, los libros en los estantes, los espejuelos, las fotografías familiares, el cepillo de dientes y hasta las hojas de las plantas del jardín. Cuando el polvo ya se había aplacado, uno de los primeros en salir a refrescarse bajo los almendros del frente de su casa era don Nicolás. Cuando Rosa salía, siempre lo encontraba sentado en su mecedora, donde parecía ensimismado, con la mirada perdida en el horizonte. Otras veces conversaba con su nieto, que parecía escucharlo con devoción. Doña Tranquilina casi siempre era la última en salir de la casa, hasta terminar de hornear los bizcochos y golosinas que preparaba con gran maestría.

Después de un rato, el coronel salía de nuevo a caminar, casi siempre acompañado de su nieto. Era entonces cuando doña Tranquilina pasaba a convertirse en el foco de atención con sus historias de brujas y sus ocurrencias. La audiencia seguía creciendo con Wenefrida, hermana del coronel; la niña Francisca y otras ocupantes de la casa de los Márquez, incluyendo la tía Sara y la prima Elvira, aparte de algunos de los visitantes que llegaban a pasar la noche y tendían sus hamacas en el corredor. Estas reuniones eran casi una tradición inolvidable en la que participaban otras amistades y parientes del vecindario, incluyendo Rosa, su mamá y sus hermanas. Cualquier día de la semana era fácil contar entre diez y doce personas frente al portón de doña Tranquilina. Allí permanecían hasta la hora de irse a dormir, con excepción de los fines de semana, que era cuando jugaban lotería.

Las noches eran frescas y una suave brisa refrescaba las paredes todavía calientes de las casas. Nadie se iba a dormir muy temprano debido a que el enfriamiento de las estructuras tomaba algún tiempo. Después todo el mundo se retiraba a sus cuartos a descansar, hasta que algún ruido sobre el techo despertaba al vecindario sin que aparentemente nadie le diera importancia. Sin falta, alguien gritaba: "¿Quién anda por ahí?". Entonces, una voz lejana desde el otro lado del patio respondía "Yooo", con un dejo lánguido que revelaba malestar por la intrusión. Aparte de los insaciables mosquitos que aparecían en la temporada de lluvias, nadie osaba interrumpir el sueño a menos que se tratara de una razón válida, como despertarse en la noche a usar la bacinilla o tratar de acallar con un grito la ocasional algarabía de un perro o el aullante romance de los gatos.

A las cinco de la mañana empezaban a cantar los gallos. Canta un gallo aquí y otro le contesta. Era muy lindo escucharlos y ese sonido que solamente ocurre en el campo servía de despertador para la mayoría de las gentes del pueblo. La madrugada se inundaba con olor a café. Ya a esa temprana hora había mucha gente en la calle camino a su trabajo en la United Fruit Company. Quienes quedaban en casa empezaban a barrer los portones y quitar las telarañas de los techos con largas escobas hechas de hojas de bledo.

Por la mitad de Aracataca pasaba un pequeño riachuelo. Era profundo y allí iban todos a refrescarse. Los niños eran los mejores nadando, y se tiraban de cabeza, o tapándose las narices, provocando risas entre sus amigos y hermanos. Para las mujeres no había trajes de baño; lo que se usaba en aquel entonces era el chingue, consistente en un delgado vestido de algodón que cubría todo el cuerpo hasta un poco más arriba de los tobillos. De esta forma, a las mujeres les era muy difícil nadar estando envueltas en ese pesado ropaje mojado que dificultaba cualquier movimiento. Aparte, el protocolo local incluía que las mujeres solteras siempre tenían que ir acompañadas de algún familiar o de una de las empleadas del servicio.

Los domingos, la asistencia a misa era de rigor y ausentarse de esta celebración religiosa era motivo de comentarios en el vecindario y de una perentoria invitación a confesión del padre Angarita. Rosa pensaba que lo lógico sería ir a la misa de las seis de la mañana porque hacía menos calor. Aparte, a esa hora no había plática, por lo que la misa era más corta. En cambio, la misa de las ocho de la mañana —a la que ella solía ir— era muy larga. Sin embargo, ésa era la misa a la que asistía casi todo el pueblo. Las mujeres llegaban con sus mejores galas y abanicos en la mano. Los hombres vestían de traje, procurando ponerse lo mejor que tenían para causar una buena impresión. Tanto el coronel como don Pedro estaban casi siempre presentes, cada quien sentado al lado de su respectiva familia. Los jóvenes iban a mirar a las muchachas, y las muchachas a sus galanes. En cierta forma, aparte de implorar a Dios, la gente iba a la iglesia a hacer vida social y a conocer a los visitantes que llegaban a ver a sus parientes y amigos. En algunas ocasiones, Gabito servía de monaguillo y hay que ver el orgullo que despertaba a doña Tranquilina y a la niña Francisca, quienes no le quitaban los ojos de encima durante la misa. Cualquiera diría que habían entrado en trance.

En ese entonces las misas eran en su totalidad en latín, como se acostumbraba en todas las iglesias, y la gente respondía automáticamente en la lengua eclesiástica, sin comprender su significado. Rosa no era la excepción y solamente entendía las partes de la liturgia que se decían en español, que eran en la epístola, el evangelio y el sermón, que para el horario de las ocho de la mañana se prolongaba por demasiado tiempo y se matizaba con los regaños del padre Angarita. Allí se reencontraban los amigos, parientes y vecinos. Los hombres frecuentaban la iglesia y el coronel era muy generoso en sus aportes para las celebraciones de algunas fiestas religiosas.

El veterano combatiente no solía hablar de sus batallas. En cambio, acostumbraba sentarse a oír con mucho interés las ocurrencias de doña Tranquilina y las historias de los visitantes sobre leyendas de seres extraordinarios.

Una de las leyendas más populares era la de "La Mojana" un personaje real que había vivido siglos atrás. Nadie recordaba el verdadero nombre de la que supuestamente fue una bella mujer de origen noble y cabellos ensortijados de color cobre que vivió en Cartagena en tiempos de virreyes, esclavos traídos de Angola, indígenas libertos y nobles españoles arraigados en el Nuevo Mundo. Se había casado con un hombre cruel y despótico, que en un arranque de celos al ver que ella dedicaba demasiado tiempo al cuidado de su hijo, la mató. Al escuchar el grito de la madre al morir, el niño, que estaba sentado a la orilla del pozo de agua, cayó al fondo y se ahogó. Por años las gentes recordaron el sepelio en el que el féretro de la madre fue velado al lado del de su hijo en medio del llanto y la consternación de vecinos y desconocidos que sintieron la tragedia como propia. Después del entierro doble muchos empezaron a verla, convertida en un fantasma, con su vestido blanco y los ojos rojos de tanto llorar. Siempre llevaba en la mano una peineta con la que se arreglaba sus cabellos, rojizos y brillantes como los rayos solares de un atardecer. Pronto se convertiría en el terror de las madres de toda la costa colombiana, donde su leyenda se extendió debido a que siempre estaba buscando niños para que fueran a acompañar el alma de su hijo. Con ese propósito, decían que rondaba los aljibes causando la muerte de muchos niños que resbalaban al ver su hermosura reflejada en las aguas de las profundidades.

Gabito había escuchado muchas veces la advertencia, cuando se acercaba al aljibe de agua que había en su casa.

—No te acerques al pozo, que se te aparece "La Mojana" —le decían.

Eran las mismas palabras de las madres y parientes en todos los hogares, como una advertencia para que los niños dejaran de rondar los aljibes que, en aquellos tiempos, existían en muchas casas.

La nana de Rosa aseguraba que había visto a "La Mojana" en su niñez, recordando que en el momento del encuentro con la bella mujer sintió un mareo, con tan buena suerte que cayó hacia el exterior del pozo y, aparte del susto, solamente sufrió algunas magulladuras en las rodillas.

Entre los seres fantásticos, todos daban por cierta la existencia del "Ánima Sola", el espíritu de una mujer que le negó agua a Jesucristo camino al calvario y fue condenada a vagar por el mundo hasta el fin de los tiempos. Asimismo, no había pescador que saliera con sus anzuelos y sin llevar algunos tabacos y un poco de sal como obsequio al "Mohán" o *muán*, un ser de pelo largo y muy velludo, que supuestamente trataba de enamorar a las mujeres cuando se bañaban en el río y acostumbraba enredarle las redes a los pescadores que no se ocupaban de dejarle su ración de tabaco y sal.

Algunos forasteros eran bien recibidos en las tertulias de doña Luisa. El visitante aportaba sus propias historias sobre seres extraordinarios de otras regiones colombianas, incluyendo "La patasola", "La llorona", "La luminosa" y otras más. Dentro de un ambiente saturado de misterio, los nuevos contertulios encontraban un auditorio ansioso por escuchar sus testimonios de hechos sobrenaturales que decían haber presenciado en algún momento de sus vidas y con frecuencia aterraban a todos con la supuesta historia de la desaparición de alguna víctima de estos pavorosos encuentros.

Aracataca, a su vez, contaba con sus propias leyendas. Una de las más populares tenía que ver con la casa vecina a la del coronel y doña Tranquilina, la del padre Angarita, donde supuestamente solía aparecerse un hombre sin cabeza. El espeluznante espectáculo era suficiente para que los aterrados habitantes del pueblo evitaran acercarse a la casa del cura con la muy fundamentada creencia de que la casa estaba embrujada. Sin embargo, casi en secreto y solamente a algunos pocos allegados, doña Tranquilina explicaba la realidad detrás de estas versiones, llegando a la conclusión de que el cura de Aracataca, el padre Angarita, era quien supuestamente habría inventado y diseminado entre la población el cuento de la horrible aparición porque, como humano que era, podía tener sus propias debilidades y por eso no quería que nadie se acercara a su casa. Además, el temor a encontrarse con el aterrador fantasma descabezado era suficiente para que nadie lo fiscalizara y él pudiera disfrutar de cierta privacidad para quitarse las incómodas largas sotanas.

A pesar de no creer en el mito del descabezado en casa de su vecino, la niña Francisca Mejía estaba entre los asiduos oyentes de los cuentos de espantos, y a veces contribuía con alguna historia de su propia cosecha. Contaba cómo en algunas habitaciones de la casa de los Márquez habitaban los espíritus de los antepasados de la familia y estaba segura de haber sentido el aroma de la colonia de uno de ellos, el olor a tabaco de otro, y hasta los veía caminando de noche, como ánimas en pena sin poder alcanzar el esperado sueño eterno en la otra vida.

Entre sus historias estaba una que le había contado su abuela, de una costurera que desperdiciaba los hilos al coser, y al morir tuvo como penitencia ir a recoger todos los hilos que había malgastado a lo largo de su vida. De noche se la veía recorriendo el pueblo con una vela en la mano para alumbrar los rincones donde podían estar los cabos. Una tarea difícil y larga, porque mientras no recogiera cada una de las hebras que había desperdiciado no podría pasar a mejor vida.

La niña Francisca fue la madrina de bautizo de Gabito y era la que se hacía cargo de la casa. Era dueña de una gran autoridad en el hogar de los Márquez y decidía a qué hora iban a comer y a qué hora se hacía cada cosa. Aparte, tenía un aire de importancia, tal vez porque en la casa de doña Tranquilina, que era muy piadosa, se guardaban algunos cirios y objetos religiosos, además de los manteles blanquísimos y bordados a mano que se colocaban en el altar de la iglesia.

Los Márquez eran muy creyentes y el 2 de febrero celebraban con gran pompa la fiesta de la virgen de los Remedios, patrona de Riohacha, la ciudad en la que vivieron antes de mudarse a Aracataca. A su vez, los riohacheros se sentían muy orgullosos de contar entre sus hijos famosos a monseñor Pedro Espejo, quien tuvo el privilegio de ocupar el alto cargo de secretario privado del papa. La respetabilidad y sabiduría del sacerdote fueron determinantes para que el coronel y doña Tranquilina terminaran por aceptar los amores de Gabriel Eligio y Luisa Santiaga (siempre la llamaron Luisa), después de que el venerado dignatario de la iglesia les dirigiera una carta desde Santa Marta, exhortándolos a aceptar la unión entre su hija y el telegrafista.

En agradecimiento a los esfuerzos con su hija, un par de años después, los Márquez fueron los motores de una campaña para darle el nombre del alto prelado a la calle principal de Aracataca, que era precisamente donde estaban ubicadas las casas de los Márquez y los Fergusson.

La consagración oficial de la calle con el nombre de monseñor Espejo ocurrió precisamente en una de las fiestas patronales de la virgen de los Remedios, y en presencia del alto prelado, quien viajó desde Santa Marta para la celebración. Un año antes había nacido el primogénito de Luisa y Gabriel Eligio a quien le dieron el nombre de Gabriel José de la Concordia. Fue un parto difícil y le echaron el agua de carrera para que, según las creencias de la época, no fuera a terminar en el limbo, el lugar donde llegaban las almas de los niños que morían sin ser bautizados.

Los Márquez habían pensado aprovechar la visita de monseñor Espejo para formalizar el bautizo de Gabito, pero no se pudo porque Gabriel Eligio y Luisa estaban de viaje. Fue así como el énfasis se centró entonces en la consagración de la calle. La ocasión fue todo un acontecimiento en Aracataca, con la asistencia de cerca de cincuenta visitantes de Riohacha que habían viajado a acompañar al sacerdote que era un orgullo regional, aparte de la fama de santo, ya que muchos fieles lo habían visto elevarse sobre el piso detrás del altar durante la misa. Por este motivo los feligreses entraban en romería a la iglesia, esperando el milagro de ver levitar al sacerdote.

—¿El sacerdote se eleva del piso? —preguntó escéptico el papá de Rosa.

Sin embargo, en el pueblo todos sostenían que el milagro ocurría con frecuencia y jamás alguien se atrevió a poner en duda este curioso don del sacerdote.

Una gran concurrencia se dio cita a este acto tan importante, y más aún teniendo en cuenta la legendaria hospitalidad del coronel, anfitrión fijo en los eventos más trascendentales del pueblo. Los Márquez no escatimaron nada: se mataron dos cabritos y en el patio colocaron unas estacas sobre brasas para asar las paletas del animalito. Todo este banquete se complementaba con arroz y tostones de plátano. Además, doña Tranquilina cocinó un estofado de chivo enorme, que alcanzó para todos los que quisieron repetir. Siguiendo una arraigada costumbre familiar, la niña Francisca había recogido guayabas del patio para preparar el codiciado dulce que sabía hacer como nadie y que sirvió acompañado de galletas de soda y queso costeño.

Con una mayoría católica, Aracataca, al igual que toda la costa y el país, se preciaba de un pluralismo religioso. Cualquiera podía tener la religión que quisiera, era el lema cuando se tocaba el tema espiritual con personas provenientes de otros lugares. Pero allí nadie tenía que defender su posición religiosa ante nadie, ya que en el pueblo todo el mundo profesaba las mismas creencias. Rosa había nacido dentro de la religión católica apostólica y romana, a la que se había convertido su abuelo Fergusson, anglicano de nacimiento, poco tiempo después de haberse radicado en Colombia.

Resultaba natural que el padre Angarita fuera uno de los personajes más respetados, venerados y temidos del pueblo. Sus palabras y opiniones se consideraban muy importantes y todos sabían que, de no ser por su autoridad, muchos habrían perdido el temor de Dios en sus vidas. La creación del mundo, el diluvio, la fe de Abraham y la valentía del rey David formaban parte de sus sermones, aparte de las parábolas con las que Jesús había predicado formaban parte de su repertorio. El avezado sacerdote, aparte de liderar su rebaño, se había propuesto velar porque en Aracataca se mantuvieran las buenas costumbres, una tarea en la que ponía todo su empeño, y de qué forma.

Rosa recordaba al sacerdote sentado de espaldas a la calle, mirando un espejito que sostenía en la mano. Así, con disimulo, vigilaba a las muchachas del pueblo y si las veía salir del cine después de ver una película prohibida, o si observaba una transgresión al pudor en la forma de vestir, invariablemente tocaba una campanita que llevaba en la mano. Cada vez que se escuchaba el sonido metálico, los curiosos salían a ver quién había sido el blanco del sonoro reproche. De hecho, era habitual que el severo sacerdote hiciera alusión desde el púlpito a las "mujeres que sin recato y sin vergüenza que tal día y a tal hora caminaban por tal calle". Y remataba su discurso diciendo: "No me pregunten por sus nombres, ustedes las conocen y ellas mismas entienden".

Este celo del padre Angarita por defender el pudor se hacía sentir con especial severidad cuando una mujer se acercaba a recibir la eucaristía. En estas ocasiones, el sacerdote se detenía por unos segundos que parecían interminables frente a la mujer que, de rodillas, según los ritos de la época, esperaba recibir la hostia. En los ojillos del cura asomaba entonces una maliciosa mezcla de reproche, burla y desprecio, y después pasaba de largo dejando llena de vergüenza a la atribulada "pecadora" según los rigurosos códigos del sacerdote.

Tal vez por este motivo muchos aseguraban que encima del púlpito parecían salir rayos y centellas cuando el sacerdote atacaba a quienes quebrantaban las normas del recato.

"No solamente hay que ser señora, sino también parecerlo", decía el sacerdote haciendo referencia a la necesidad de mantener las apariencias en cada aspecto de la vida. Éste era el motivo por el que las mujeres jamás caminaban solas o con sus hijos por el sector dedicado a los placeres de la carne, o "antros de pecado y de perdición", según la descripción del padre Angarita en sus sermones.

Aparte de vigilar a las mujeres que entraban al cine con vestidos poco pudorosos, el padre Angarita siempre estaba custodiando que nadie entrara a ver uno de los filmes que estaban en su lista negra, so pena de excomunión en cualquier momento. Tal vez por eso no era de extrañar que cuando en la misa dominical llegaba el momento de la eucaristía, muy pocos se acercaran a recibirla; a fin de cuentas todos se sentían culpables de algún pecadillo, desde un mal pensamiento hasta haber visto uno de los filmes prohibidos por el cura, entre los que se encontraban algunos clásicos del cine mudo de Charlie

Chaplin, como *Charlot se va de juerga* y *Charlot, señorita bien*, ya que ver en el cine a una pareja dándose un beso en la boca era motivo de escándalo.

Según Rosa, el padre Angarita era un sacerdote muy estricto y severo. Como un desquite a su intransigencia y a sus largos sermones es posible que doña Tranquilina dijera que la leyenda del descabezado era invención del sacerdote "porque a lo mejor no es tan santo". Lo cierto es que algunos se preguntaban cómo era posible que, existiendo ese fantasma en su patio, el padre Angarita siguiera compartiendo su casa con la extraña aparición.

De cualquier forma, su táctica daba buen resultado. Nadie, incluida Rosa, jamás intentó verificar la versión que casi todo el pueblo daba por cierta.

Los jóvenes y los niños tenían prohibido el ingreso al cementerio, pero de todas maneras con la complicidad de sus nanas se ingeniaban la forma de ir a curiosear, por aquello del gusto a lo prohibido. Los mayores pensaban que era mejor mantener a los niños y jóvenes alejados del camposanto, a menos que se tratara del entierro de un familiar cercano. Rosa no comprendía el por qué de esta prohibición, que atribuía más a una preocupación por evitar que el bullicio de los chicos interrumpiera la paz de los difuntos en su última morada. En cambio, en las noches, no había quién se atreviera a acercarse al camposanto. En un pueblo en el que desde la infancia todos sus habitantes estaban acostumbrados a oír historias de ánimas y espantos, resultaba natural que todos tuvieran un temor reverencial por las venganzas que aquellos seres de ultratumba pudieran tomar contra los vivos.

—Nunca se ha oído que un muerto mate a un vivo, ni siquiera de susto —decía Rosa.

Los mitos, lo imaginario, el misterio y la ficción parecían reunirse en una extraordinaria antología oral de leyendas. El pasado se adornaba con acontecimientos y detalles extraordinarios que cada quien engrandecía a su manera. Según Rosa, uno de los sucesos que fueron sacados de proporción fue la muy sonada huelga en la zona bananera, a las que varias crónicas periodísticas posteriores atribuyeron el trágico saldo de tres mil muertos, pero que según varios trabajadores que laboraban para la empresa, no llegaron ni a treinta.

—Cada quien iba contando la historia a su manera, y a cada nueva versión, se le añadían más muertos, hasta que el conteo de las víctimas llegó a varios miles sin que jamás hubiera una cifra oficial digna de crédito —aseguraba la maestra.

Como consecuencia de ese escándalo, la United Fruit Company levantó velas.

XI

El corazón de la maestra

Desde niña Rosa había sobresalido por su espontaneidad, su carácter abierto, su disposición para ayudar a otros y su gran sentido de la responsabilidad. Ocupó el primer lugar en la clase de religión, una asignatura obligatoria que incluía la memorización, palabra por palabra, del catecismo Astete, un manual que contenía la doctrina y cuyo conocimiento era imprescindible para todos los católicos. Rosa atribuiría su buena retentiva al estímulo que recibió su memoria en una edad temprana al aprenderse el libro de principio a fin. Y es que, como casi todos los niños y niñas de su época, Rosa repetía al pie de la letra cada línea del librito que contenía todos los dogmas de fe cristiana y era materia de aprendizaje en todas las escuelas de España y de los países colonizados por la Corona. El autor de este doctrinario era el padre Gaspar Astete, sacerdote jesuita nacido en España en 1537. Seguramente nunca imaginó que su sencillo manual llegaría a tener un récord de más de mil ediciones.

Por primera vez se imprimió en España en 1599. Más de doscientos años más tarde, en 1836, se editaría en Colombia. Rosa alcanzó a tener uno de los primeros ejemplares, heredado de una de sus abuelas Celedón. Con las páginas amarillas y carcomidas por la polilla y la humedad, el raro ejemplar se perdió poco después de su primera comunión, que recibió a los nueve años.

Con un vestido blanco de finísimo opal suizo alforzado finamente por una costurera del pueblo, Rosa era una niña de mejillas sonrosadas y largas pestañas en esa fecha inolvidable en la que entró a la iglesia con un rosario en la mano izquierda y un bellísimo lirio hecho de papel en la derecha. En aquel entonces resultaba imposible conseguir en el pueblo esa blanca flor de las regiones frías debido a las dificultades para transportar algo tan frágil y perecedero como la fragante azucena, símbolo de la pureza del alma.

Días antes, con mucha seriedad, Rosa se acercó al confesionario para decir sus pecados, sonrojándose al contarle al sacerdote que una vez le había mentido a su mamá haciéndole creer que estaba enferma para no ir a misa y que otra vez en vez de ir al río con su nana se habían ido a husmear al cementerio. Cuando el sacerdote le preguntó cuál fue el motivo de su desobediencia ella explicó que hacía tiempo tenía el deseo de buscar la tumba de su abuelo Jorge, pero los mayores no la llevaban al camposanto. Al final, nunca encontraron la tumba, pero regresaron con el incómodo cosquilleo espiritual de haber hecho algo malo. De penitencia, el sacerdote le impuso rezar un rosario y no comer dulces por una semana.

Su vocación de maestra se había manifestado a muy temprana edad, cuando a los diez años quiso enseñarle a leer a un indio guayú, originario de Riohacha, que trabajaba en las labores de limpieza de su casa. Temerosa de que el contacto de su hija con un extraño pudiera tener otras consecuencias, su mamá le prohibió conversar con la servidumbre y empezó a pensar en la forma de acelerar su viaje como interna a Santa Marta. De todas maneras, en dos clases Rosa consiguió enseñarle al indio a dibujar su firma.

Desde la adolescencia había soñado con conocer otros países y ciudades, desplegar las alas como las águilas y saber lo que era el mundo más allá de las llanuras y pantanos que conocía. Sin duda, un paisaje muy distinto al de sus antepasados ingleses que habitaron valles y montañas cubiertos de nieve, con temperaturas tan bajas que su abuelo solía contarle a sus descendientes que, antes de emigrar de la Gran Bretaña, miles murieron en Europa a causa de un invierno muy crudo.

—No te quejes del calor, que al menos en la tarde siempre refresca. Otra cosa es el frío, que te hiela la sangre, te enferma y en las noches se siente que muerde los huesos —solía decir Pedro Fergusson recordando las historias sobre los crudos inviernos que contaba su papá, Jorge, el inglés.

Un día que caminaban hacia la escuela en medio de un calor asfixiante, Rosa le habló a Gabito de la nieve que cubría de blanco los países del Norte. Disponían de tiempo. Con un entusiasmo poco usual, el niño le habló del maravilloso descubrimiento que le había mostrado su abuelo en días anteriores cuando lo llevó a conocer el hielo en la pescadería.

En las tardes calurosas en que la humedad y el calor hacían que la ropa se le pegara al cuerpo, Rosa se preguntaba si en el futuro alguien inventaría una casa con paredes de hielo que, de alguna forma, no se derritieran y permitieran que las casas fueran más frescas.

Rosa quería dejar el testimonio de cómo era la vida a comienzos del siglo XX para saciar la curiosidad de las generaciones venideras que crecieron en la era del jet, con aire acondicionado y computadoras.

En los primeros años del siglo XX, muchas pequeñas poblaciones de América Latina carecían de electricidad. Sin embargo, Aracataca tuvo electricidad gracias a la United Fruit Company. Las cocinas eran de carbón o de leña, las planchas también eran de carbón, con el defecto de que de vez en cuando dejaban despedir una brizna de hollín que quemaba la ropa delicada. Más tarde llegarían las planchas de gasolina, que eran muy caras, pero aseguraban un planchado perfecto, y no ensuciaban con tizne las prendas.

Estos inventos se convertirían en algo natural con los años, pero Rosa nunca olvidaría aquellos tiempos cuando los romances crecían alimentados por el fuego de palabras de amor y cartas perfumadas, los negocios se hacían en un café del pueblo, las deudas se pagaban como si fueran sagradas, la palabra de honor valía más que un documento escrito, los banqueros eran respetables, los médicos no les cobraban a los pobres, las mujeres tenían solamente que trabajar en la casa, y no en la casa y en la calle, la gente tenía tiempo de sentarse en las tardes bajo los almendros, los niños eran felices jugando con canicas o tapas de botellas, los abuelos infundían cariño y respeto, los hombres le cedían la parte de adentro de la acera a las damas y les abrían y cerraban las puertas, los adolescentes se sentaban en visita con sus padres y abuelos, y las amistades eran para toda la vida.

Parece increíble, pero a pesar de vivir cerca del mar, como muchas mujeres de su época Rosa nunca aprendió a nadar.

Una razón para no practicar un deporte eran las altas temperaturas de hasta treinta y nueve grados centígrados a la sombra. Sin embargo, a pesar del calor, el futbol era un deporte muy popular entre jóvenes y niños. Se entretenían jugando en un campo cercano hasta cuando empezaba a oscurecer y los mosquitos castigaban a los entusiastas deportistas con todo el rigor de sus aguijones.

Los habitantes de Aracataca cultivaban la amistad con gran esmero. Tener buenos amigos era una ventaja para entretener las horas en un pueblo donde la conversación era como la sal que le da sabor a la comida.

Rosa no era una excepción y, al igual que todos, esperaba con alegría la llegada diaria del ocaso. Atrás quedaba el calor, la vida parecía transformarse en una historia sencilla, y el futuro parecía libre de preocupaciones. Esos momentos quedarían grabados para siempre en su memoria, con el sabor amargo de que tal vez no los había valorado lo suficiente, y que jamás se imaginó en su juventud que serían irrepetibles.

En su juventud, Rosa siempre tuvo el deseo de viajar a la Guajira. No tenía recuerdos del lugar en que nació, y del que siempre se sintió orgullosa. De allí eran sus padres, Pedro Fergusson Christoffel y Rosa Gómez. Él era un hombre atractivo y de porte elegante, un genio

con los números, que detestaba el trago y la chabacane-
ría, vivía impecablemente vestido y era muy familiar;
su esposa era una mujer muy refinada, de gran belleza,
que en toda ocasión estaba arreglada con distinción. Le
gustaban las blusas de encaje y si eran blancas, mejor.
Siempre bien planchadas, con almidón del grueso, a pesar de que con frecuencia la tela endurecida le picaba
la piel y le dejaba enrojecido el cuello. De ella sus hijas
aprendieron que una mujer nunca debe salir a la calle sin
estar peinada y arreglada, con los polvos de arroz en la
cara, el carmín en las mejillas y los labios rojos.

En su infancia Rosa disfrutaba las historias que le
relataba Barbarita, una empleada de la casa cuyo país
de origen había quedado perdido bajo el manto denso
del paso de los años. Era una mujer de raza negra con
una sonrisa blanquísima, trato afable y postura espi-
gada. Contaba que sus antepasados habían llegado a
Cartagena en un barco cargado de esclavos africanos
provenientes de unas llanuras de color ocre tan inmensas como el mar, salpicadas de verdes praderas en donde
corrían como las gacelas y eran libres hasta que una
tribu rival los atacó en la noche para después venderlos
como esclavos a los portugueses. Ella siempre llegaba
a la casa de los Fergusson a las primeras horas de la
mañana para recoger el pesado fardo de ropa y seguir
su marcha hacia el río. Curiosamente, contra todas las
predicciones, no se sintió complacida cuando colocaron
en casa de Rosa una alberca de cemento que dos veces
por semana llenaban con agua de la que llegaba a lomo
de burro. Se quejaba de que la ropa no quedaba tan

blanca como cuando la lavaba en el río, un argumento que con frecuencia esgrimía para evitar el hastío de pasar el día detrás de una alberca. Rosa pensaba que lo que Barbarita extrañaba era el entorno del río, con el susurro del viento entre los árboles, el alboroto alegre de las cotorras, el murmullo del agua y la vegetación exuberante en colores y aromas.

En la niñez, Rosa se sentaba a jugar con sus ollitas de aluminio y barro cocido mientras la lavandera le contaba historias que la transportaban a tierras lejanas. Con una voz grave y llena de matices Barbarita se encargaba de lavar y planchar la ropa mientras le narraba a Rosa historias fascinantes de países lejanos con alfombras mágicas que podían volar sobre las nubes, aves con plumas de oro, osos que hablaban el idioma de los humanos, ballenas juguetonas que moraban en un castillo en el fondo del mar, hadas tan pequeñas que dormían en el cáliz de una flor, selvas con cascadas que despedían luces de colores y árboles cuyas hojas estaban hechas de esmeraldas y diamantes. Las horas pasaban muy rápido mientras la pequeña Rosa dibujaba en su imaginación esos lugares maravillosos. Años más tarde llegaría la televisión que, según Rosa, transformaría el vínculo humano en una comunicación con un aparato mecánico, disminuyendo la habilidad de los niños de expresarse en público, desarrollar la imaginación, formar oraciones y evaluar la realidad que los rodea.

Con los años, Rosa empezó a tener un renovado interés en el pueblo que había dejado atrás cuando se vio en la necesidad de mudarse a la capital. Muchos se habían marchado casi al tiempo de su partida, pero otros se quedaron en Aracataca con los fantasmas de una prosperidad perdida, las imágenes de los que se fueron en busca de mejores oportunidades y los recuerdos de días mejores que siempre compartían en sus conversaciones bajo los almendros. Rosa nunca olvidaría ese pueblo y cuando la nostalgia de aquellos tiempos se filtraba por los resquicios de su memoria como un latigazo del pasado, una llamada a su amiga Luisa, la madre del escritor, bastaba para ponerla al día sobre las gentes que formaron parte de esa gran película de su vida. Otras veces, llamaba a sus hermanas, pero ellas parecían más interesadas en el presente que en el pasado. De hecho, a través de los años se quedó sin conocer la respuesta a una pregunta que siempre se le quedaba en el aire: ¿Qué había sido de la vida de Benítez, ese ser fantástico y atolondrado que era perseguido por las mariposas amarillas y terminó por ser víctima de sus ingeniosos trucos que usaba para reunirse con su amor?

"Eso no era una invención de Gabito, era verdad", aseguraba la maestra con admiración sobre la retentiva de su entonces pequeño alumno para recordar al inolvidable electricista perseguido por un enjambre de mariposas.

Todos esos personajes que parecían vivir solamente en un pequeño rincón de su memoria parecieron resucitar en 1967, cuando a los cuarenta años el escritor inmortalizaría a Aracataca con su gran novela *Cien años de soledad*. El pueblo fue identificado como Macondo, el nombre de una finca en las cercanías de la carrilera del tren y muchos creyeron inicialmente que esa realidad tropical que contaba el autor no era otra cosa que una invención. Nadie sospechaba lo inmensa que sería esta obra publicada por primera vez en Argentina por Editorial Sudamericana, con un tiraje inicial de 8.000 para crecer hasta superar ventas de 30 millones de libros, habiendo sido traducida a 35 idiomas.

Rosa leía las obras de su alumno, tratando al mismo tiempo inútilmente de descubrirse en alguno de los personajes del autor. Por fin, un día se sintió agradablemente sorprendida al leer *La hojarasca*, y le pareció identificar a sus dos hermanas pero nunca pudo reunirse con el autor el tiempo suficiente para verificar sus sospechas.

A cada lectura, Rosa se sentía sorprendida de la extraordinaria capacidad de su alumno para asimilar el mundo que lo rodeaba a una edad tan corta. La maestra de los sueños del niño, más allá de su belleza, era una jovencita despierta y con grandes deseos de superación, que al igual que un ave que se esfuerza en salir de su cascarón, siempre estaba luchando por sus metas y un mejor futuro. Nunca imaginó que su gran orgullo, y lo que la convertiría en un ejemplo a seguir, sería su dedicada labor como maestra en ese pueblo perdido en el mapa. Curiosamente, en ese lugar tan remoto su vida quedaría conectada a un Premio Nobel de Literatura, al que arrulló entre sus brazos algunas horas después de nacer.

Ambos tenían en común, aparte del lejano parentesco, las vivencias de ese pueblo mágico que a veces resultaba difícil de entender. Allí pasaron sus mejores años, allí vivieron sus padres la mayor parte de sus vidas, y estaban enterrados los abuelos del escritor y los padres de la maestra.

Años después, cuando Rosa regresó al pueblo para visitar a sus hermanas, aún le pareció ver bajo los almendros a los personajes de esas tardes pobladas de fantasmas y personajes fascinantes salidos de las historias de doña Tranquilina. Entonces caería en cuenta que, sin sospecharlo siquiera, había vivido en el paraíso.

XII

La clase: una ventana al universo

¿Acaso Rosa Fergusson y sus tempranas enseñanzas tuvieron un importante papel para estimular la imaginación y el amor al estudio de su famoso alumno? ¿O tal vez serían las historias de sus abuelos las que despertaron las musas en esa cabecita? ¿Podía también ser el resultado de una combinación de las enseñanzas de la maestra y los cuentos que escuchó el niño en su hogar? Indudablemente todos contribuyeron a formar al escritor a una edad temprana. Sin embargo, de lo que no queda duda es de la convicción de Rosa acerca de la importancia de que la llamita del conocimiento se encendiera a una edad temprana.

La maestra esperaba que ese estímulo temprano a las tiernas mentes infantiles fuera su testamento para la posteridad, de tal forma que otras maestras aplicaran en sus alumnos el exitoso método de María Montessori, quien fue la primera mujer en graduarse de médica en Italia. Pasaría a la historia como una pedagoga increíble cuando al observar a un grupo de niños considerados retardados y con dificultades de aprendizaje, puso en práctica un método de enseñanza que hizo posible que esos niños no solamente aprendieran a leer a una edad temprana, sino que en los exámenes de fin de año obtuvieran mejores notas en lectura y escritura que los promedios estatales propios de los niños llamados "normales".

La noticia de los progresos alcanzados con niños con impedimentos para aprender la convirtió en una celebridad mundial. En 1914 viaja a Estados Unidos invitada por el científico Thomas Edison, y su método se extiende en varias escuelas de los Estados Unidos y Gran Bretaña con el apoyo de Alexander Graham Bell, inventor del teléfono.

Había empezado en Italia con el apoyo del gobierno hasta que se rebeló contra el adoctrinamiento político de los niños que pretendía el régimen de Mussolini. La pedagoga decidió exiliarse en España, donde abrió varios institutos para capacitación de maestras en el método que llevaba su apellido. Muy pronto su método se extendió por toda España. Sin embargo, al estallar la Guerra Civil Española sale para Holanda, donde radica por un tiempo. En 1939 se embarca para la India con su único hijo, Mario, y funda dieciséis escuelas de entrenamiento para maestras en varios centros de enseñanza Montessori. Ya para entonces su método se había extendido por casi todo el mundo. Fue nominada tres veces al Premio Nobel de la Paz, pero sin haberlo recibido, murió en 1952 en Holanda.

Rosa, quien desde muy niña sintió una gran vocación por la enseñanza, había leído un día en el diario capitalino *El Tiempo* una crónica sobre la médica y pedagoga italiana y sus innovadoras técnicas para abrirles a los niños un mundo de conocimientos. Fascinada por los resultados reportados en la nota de prensa y con las experiencias compartidas por la maestra Pujol, quien había estudiado con María Montessori, en una conferencia en Santa Marta, Rosa se propuso sacar provecho de estas enseñanzas.

Al graduarse, Rosa sintió una gran satisfacción a nivel personal y familiar. Con orgullo y alegría sus padres recibieron su grado; y debido a sus buenas notas ella recibió del gobierno nacional una beca para España, como premio especial a su consagración y éxitos alcanzados a lo largo de sus estudios. Sin medir la gran oportunidad que se le presentaba, su mamá no la dejó ir. Los padres del pasado no creían adecuado que una hija viajara sola al extranjero. Rosa sintió como si le hubieran recortado las alas, una oportunidad que nunca podría recuperar.

Después recibió una nueva beca para ir a estudiar enfermería en Bogotá, la capital colombiana, ubicada en el interior del país, pero tampoco tuvo la aprobación de sus padres. Sin embargo, con ocasión de la guerra con Perú, cuando los vecinos del sur intentaron apoderarse de Leticia, un puerto colombiano sobre el río Amazonas, las escuelas tuvieron un sabático que Rosa aprovechó para tomar un cursillo de la Cruz Roja en Bogotá, sin que sus padres se opusieran.

Muchas veces se preguntó si el destino se encargó de que las cosas ocurrieran así, porque tenía una misión más importante. Y siempre diría que el gran reto de su juventud y su mayor satisfacción fue haber sido directora del Montessori de Aracataca.

Con cuánta satisfacción se vio a la maestra abrir ese Montessori; en cada mesita debían sentarse dos niños de la misma edad y estatura. El aula pronto se llenó de niños y había que ver la alegría de los padres al entregar sus hijos a quien con tanto esmero se ocupaba de ellos. Así como el panadero primero arregla la masa para luego trabajarla, así la maestra primero disciplinaba a sus pequeños alumnos para después enseñarles las primeras letras.

Cada día, la maestra recibía a sus alumnos a la entrada de ese laboratorio extraordinario de la vida, un libro abierto a las aventuras del conocimiento. Entrar por esa puerta era como llegar a un reino mágico, con una explosión de colores, aromas, sonidos y sabores indescriptibles que los niños disfrutaban con fascinación de aprendices en un universo increíble. Los niños sabían que al sentarse en sus pupitres, la maestra parecía sacar una varita mágica con el poder de llevarlos a mundos nunca imaginados. Les leía cuentos sobre gatos valientes que andaban con botas, osos mansos que hablaban, alfombras que volaban y príncipes convertidos en sapos; ahí mismo, en su propia aula y en su pueblo, había un mundo único del que los adultos parecían no darse cuenta, ocupados como estaban con los quehaceres y preocupaciones de la vida diaria. De ahí que en vez de buscar excusas para quedarse en casa, los alumnos de Rosa no quisieran perder ni un minuto de clase, que Gabo describiría como "jugar a estar vivos".

La rutina diaria comenzaba con una sencilla revisión del aseo personal. Ningún niño podía llegar sin baño; las orejas y los dientes debían estar limpios, y las uñas, aparte de impecables, recortadas. El vestido podía ser pobre, pero pulcro, y debían cambiarse diariamente la ropa interior, al igual que los calcetines. También les revisaba los zapatos, que podían ser los mismos todos los días, pero limpios. Esta inspección se hacía de una manera rápida y cariñosa, felicitando al alumno por su buena presentación para darle estímulo, nunca humillándolo. Y si el niño requería atención en su aseo personal, se les decía a los padres de una manera delicada. "Hay que arreglarle al niño las uñitas, debe traerlas más cortas porque se puede arañar", era su forma de decir las cosas. Asimismo, la maestra era enfática al afirmar que nunca se debía criticar al niño en presencia de terceras personas porque eso les afectaba el ego y los volvía inseguros.

Después de pasar por la inspección de aseo, los alumnos ocupaban sus asientos y empezaba lo que llamaba 'El ejercicio del silencio', una de las rutinas favoritas, consistente en hacerlos sentar colocando las manos sobre las mesitas y la cabeza sobre las manos con los ojos cerrados. Entonces, debían quedarse absolutamente en silencio, sin hacer ruido ni con las manos, ni con los pies, ni con la boca. En esos escasos minutos el niño se reencontraba consigo mismo. Ese ejercicio que parecía un juego y que a los niños les encantaba, ayudaba a lograr no solamente la disciplina del cuerpo sino la de la mente. Rosa colocaba las dos manos en forma de bocina en la boca y, como en secreto, los iba llamando en voz baja a cada uno por su nombre y, en medio de ese absoluto silencio, cada niño respondía "Presente" levantando la mano, y volviendo a la posición original de inmediato. Tenían que estar muy alertas porque la maestra los llamaba casi en un susurro y si no estaban atentos al sonido de su voz, no podían escucharla.

A continuación les hacía dar una vuelta alrededor de la clase, caminando muy derechitos y sobre la punta de los pies. Después les pedía imaginar que eran aves, y movían los brazos, aleteando. Otras veces avanzaban a saltitos y después, sin hacer el menor ruido, comenzaba otro ejercicio que consistía en enseñarles a correr la silla sin hacer ruido, y a levantarse de igual forma para sentarse de nuevo en el más absoluto silencio. Este ejercicio, que parecía un juego, combinaba el aprendizaje de buenos modales y disciplina. Después los enviaba uno a uno a abrir y cerrar la puerta, todo en silencio.

Con los ojos cerrados, tenían que adivinar qué fruta llevaba su maestra escondida dentro de un pañuelo. Ella acercaba la fruta a las pequeñas naricitas. Y el niño, con los ojos cerrados, discernía entre dos frutas:

—¡Mango! —decía uno, feliz de su descubrimiento.

—¡Guayaba! —afirmaba otro triunfalmente al percibir el olor característico de esta fruta tropical.

Así iban desfilando el lulo, la manzana, el limón, la piña, la papaya, el coco, el mamoncillo, el tamarindo, aparte de fragancias más sofisticadas para los pequeños olfatos infantiles como el café, la canela, la nuez moscada y la pimienta. Escudriñaban las diferencias al tacto entre una piedra lisa de río y otra arenosa proveniente de la montaña, la suavidad de las plumas de un ave o la felpuda piel de un conejo, en contraste con el duro caparazón del armadillo o la tortuga, pasando por la sensación del terciopelo y la seda. No podía faltar la gran aventura por los sabores, que descubrían con los ojos cerrados mientras la maestra les daba a probar miel de abeja, azúcar, chocolate, sal, canela en polvo, recorriendo poco a poco toda una gama de gustos que hacían que el material de estudio resultara ilimitado en los descubrimientos y posibilidades.

A veces se tomaba la molestia de llevar hasta la clase una pequeña victrola que le prestaban en el vecindario y que cobraba vida al darle vueltas a una manija llenando el salón de sonidos que incluían a Mozart, Beethoven y Strauss. En otras ocasiones el concierto se centraba en el área, donde los niños aprendían a distinguir el canto de las mirlas, los sinsontes, las cotorras, las guacharacas o un turpial. También disfrutaban del sonido del río en ocasionales paseos con los que recompensaba a todos por su buen comportamiento.

Con emoción, los alumnos celebraban cada día el descubrimiento de ese universo que estaba antes cubierto con un velo y que la maestra les ayudaba a descubrir con el entusiasmo y la fascinación como una extraordinaria explosión de colores, sabores y sonidos.

Una de las principales innovaciones para la enseñanza con el método Montessori consiste en que los niños aprenden a leer y escribir escuchando primero los sonidos, que van repitiendo hasta que después de conocerlos bien, pueden escribirlos.

—Gabito, ¿cómo se leen la "M" y la "A"? —preguntó Rosa.

—MA, maestra —respondió Gabito, descubriendo por fin el misterio de la lectura que tanto lo había atormentado cuando le decían EME con A y él leía EME-A.

No se decía la "eme" y la "a", porque para los niños resulta difícil asimilar de esa forma la lectura. Se les mostraba la M pronunciándola MMM como corresponde a su sonido y después la A: se dice MA. También Rosa enfatizaba la importancia de enseñarles a sostener el lápiz para escribir, porque en caso contrario jamás lo harían correctamente. Después, podían trabajar en lo que ellos quisieran; unos miraban libros con imágenes, otros contaban en un ábaco, dibujaban con colores, o hacían figuras de animales con plastilina, que era una de las actividades favoritas. En fin, cada uno trabajaba en lo que más le gustaba y así la maestra podía evaluar cuáles eran las preferencias de cada niño.

La maestra se paseaba por el salón, observando detalladamente a cada niño para ver las aptitudes individuales y dirigir al que podía necesitar ayuda. Cada alumno trabajaba en sus propios intereses todo el tiempo que quería hasta que decidía hacer otra cosa, guardaba en su puesto ese material y sacaba otro; así cubría las distintas áreas de aprendizaje. La profesora solamente observaba y corregía, pero sin decirle al niño "esto está mal", porque según sus propias palabras "a esa edad temprana la crítica es demoledora y el estímulo funciona mejor".

Mantener a los alumnos entretenidos era parte del secreto para que no empezaran a conversar en clase o a discutir por tonterías. Asimismo, todos sabían que existían unas reglas que no podían romper. De esta manera, empezaban a familiarizarse con la disciplina.

Una de las más sencillas reglas tenía que ver con la forma de expresarse. Estaban prohibidas las malas palabras, considerando que no son buenas para la cultura general, ni para el espíritu. Rosa les decía: "El que diga malas palabras, le lavo la boca con jabón y el que se pelee, va a comer pared", que significaba que lo pondría en penitencia, de pies mirando a los muros. Cuando ocurría una pelea entre dos niños los llamaba con voz firme y esa amenaza de hacerlos comer pared los detenía. Gabito nunca comió pared ni Rosa tuvo necesidad de lavarle la boca con jabón a casi ninguno de sus alumnos. Sin embargo, sostenía que aunque sus alumnos eran muy respetuosos, no sobraba la advertencia.

Semanalmente los padres debían enviar a la escuela un informe del comportamiento del niño en su casa, su obediencia, orden y responsabilidad, y con esos datos completaba la maestra su informe mensual sobre cada alumno.

Para Rosa, su labor no era solamente una forma de ganarse la vida. De hecho, con el paso de los años siempre recordaría a cada uno de los niños que pasaron por su clase, dónde se sentaban, cuáles eran sus principales virtudes y muy especialmente, sus rostros.

A Gabito siempre lo recordaría calladito y muy atento a lo que ella decía, sentado en un principio en una de las mesitas de primera fila, y después hacia la tercera, justo en el centro del salón.

Rosa no necesitaba que alguien le contara que su estudiante conservaba en un lugar muy especial los recuerdos del Montessori de Aracataca y las enseñanzas de su primera maestra. En realidad, sabía con certeza que Gabito había sido un niño feliz en su aula y que supo sacarle provecho a todo lo que aprendió en esa etapa de su infancia, en la misma forma que ella había disfrutado su experiencia de ser el faro que encendió la llama del conocimiento en Gabito y todos los niños que pasaron por su salón de clase.

El testimonio de ese vínculo tan extraordinario entre la maestra y el alumno está presente en las entrevistas y obras del escritor, que siempre la recordaría y describiría las clases en el Montessori como una aventura extraordinaria de la vida. A su vez, Rosa esperaba que su famoso alumno le ayudara a difundir las excelencias del método Montessori. Con ese propósito a sus setenta y cuatro años viajaría 1.300 kilómetros para entregarle al escritor personalmente unas notas a mano explicando el proceso de enseñanza que ella consideraba podía beneficiar a millones de niños. De hecho, hasta con esta autora le dejó al escritor cuatro páginas para que le fueran entregadas "cuando yo me vaya".

"Cuando Gabito lea esto recordará quizá con nostalgia aquella feliz etapa de su vida, su Montessori, donde su profesora lo enseñara con tanto esmero y en donde él aprendió y se distinguió como el mejor alumno", decía el mensaje de su puño y letra dirigido al escritor y cuyas palabras quedaron de puño y letra del escritor en una esquela que le dirigió a la maestra.

Convencida de que el éxito de una maestra debe medirse por los logros de sus alumnos, creía que es la habilidad del maestro para enseñar y no solamente el conocimiento que éste imparte el que consigue buenos frutos. "El método Montessori me ha dado magníficos resultados, especialmente con el alumno que lo estrené, ese niño llamado Gabriel García Márquez. No es mi deseo restarle valor a la educación que él recibiera en su hogar, que, como ya he dicho, fue y ha sido un hogar modelo, tanto el de sus abuelos como el de sus padres", afirmaba.

Fue así como de aquel pueblo perdido en la geografía terrestre, la maestra vio cumplido su propósito de conseguir un mejor futuro para sus estudiantes. Contra todas las probabilidades, de ese pueblo polvoriento y esa escuela humilde salieron hombres célebres que la maestra recordaría siempre con sus nombres y dos apellidos.

Rosa se empeñó en que su famoso alumno le ayudara a difundir la importancia del método Montessori y el Nobel complació el deseo de su maestra en su autobiografía *Vivir para contarla* donde pondera el método Montessori y recrea la experiencia del universo que descubrió en el aula de Rosa Fergusson, en la escuela rural de Aracataca.

Modesta en sus logros y discreta en su vida personal, la maestra solamente concedería entrevistas en su vida a dos periodistas. "Me he resistido a conversar con la prensa, pues si lo hago, no vuelvo a tener paz. Ahora, me toca hablar de Gabito cuando niño, ¡y qué gusto me da hacerlo! En recordar aquel tiempo de su infancia, y yo más joven, cuando dediqué todo lo aprendido en organizar aquella mente y procurar sacar de esas enseñanzas el mayor provecho. Hoy, Gabriel García Márquez, aquel niño tan cumplidor de su deber, tan sano en sus costumbres, se ha convertido en el gran escritor mundial. ¡Qué orgullosa me siento de haber tenido entre mis manos a ese prodigio de hoy, pero mi mayor orgullo siempre habría sido conservar para mí sola ese secreto: Rosa Helena Fergusson, la primera maestra de Gabriel García Márquez!".

"Gabito dice en *El olor de la guayaba* que su deseo de ver a su profesora lo hizo amar el colegio. Yo diría que no sólo era ese deseo, sino el de aprender. Nunca dejó de llevar una tarea y siempre las presentaba ordenadas y limpias. Que quiso mucho a su profesora, así tenía que ser, el niño da lo que recibe. De mí recibió siempre cariño, atención y estímulo. Cuando el niño grita a los padres, tengan la seguridad de que así es tratado por éstos. Cuando los padres se quejan al decir que su hijo es muy travieso e insoportable, esos padres no han sabido acercarse a su hijo, no lo han comprendido, no han aprovechado su dinamismo, su inteligencia y puede ser que a los padres tampoco los comprendieron, ni los ayudaron".

"Que Gabito sea hoy el resultado de esas primeras enseñanzas, de aquella disciplina, posiblemente. Pero no podemos dejar a un lado las enseñanzas que recibió en su hogar, Gabriel García Márquez, el de ayer, convertido hoy en el mejor escritor".

XIII

La maestra se enamora

Las mujeres de su raza y su generación nacían con un destino: formar un hogar, casarse y tener hijos. A fin de cuentas, así estaba escrito desde siempre. Por muchos años Rosa pensó que podía luchar contra ese mandato del destino. Pero al final descubriría que no hay fuerza más grande que la del corazón.

Ese presentimiento coincidió con la llegada a Aracataca de Pablo Acuña, un abogado de buen porte e inteligente, que al poco tiempo de arribar al pueblo comenzó a cortejar a la joven maestra con la aceptación de sus padres. La trataba como una reina, era romántico y conversador —como ella—; la hacía reír y cuando bailaban en la pista parecía que sus cuerpos estuvieran sincronizados en cada movimiento, de la cadera a los pies. "Es una joya", le dijo su mamá alertándola sobre la importancia de ir pensando en su futuro. Pablo, aparte de ser un hombre de familia, era un profesional de buen carácter y responsable, tal y como su familia esperaba.

Ella había hecho hasta lo imposible por cerrarle las puertas al amor en su vida. Pero no podía olvidar que era una mujer joven, y a veces, cuando cerraba los ojos se imaginaba que a lo mejor un día tendría que renunciar a todos sus sueños para dedicarse a criar una familia. Cuando conoció al joven abogado, se dio cuenta de que era el hombre de su vida. Sus hermanas casi no podían creer que de pronto su hermana dijera sentirse enamorada.

Vestida de blanco, virgen y coronada de azahares, se convirtió en la "señora de Acuña". La boda se realizó con la bendición de su familia y la admiración de sus parientes, amigos y vecinos que en un principio habían criticado su empeño en estudiar para maestra, y ahora ponderaban sus logros. Y es que desde cualquier ángulo Rosa había sido una hija ejemplar: fue una buena estudiante, se ganaba el sustento con una profesión respetable y se casó con un profesional, tal y como esperaban sus padres. Pero había más; se había casado enamorada y esperaba estar al lado de su marido hasta que la muerte los separara.

Varias veces Rosa le había dicho a su esposo que no entendía cómo otras mujeres aceptaban las "sinvergüencerías" de sus parejas. Con una sonrisa condescendiente, Pablo replicaba: "Los hombres son distintos a las mujeres". Pero él sabía que su mujer no estaba dispuesta a permitir la presencia de amores clandestinos, ni a compartirlo con otra. De hecho, antes de casarse ya parecía existir un pacto tácito entre ambos; su marido no andaría con otras mujeres, como la mayoría de hombres casados del pueblo. Sin embargo, algunos meses después de su boda, Rosa empezó a notar que Pablo salía en las tardes, y se demoraba en regresar a su casa más de lo esperado. Presintió que había una señal de alarma y después de pensarlo mucho, se dio cuenta de que había

llegado el momento de poner en marcha su bien diseña-
da estrategia contra la infidelidad.

La mañana había comenzado con ese titilante res-
plandor de los amaneceres del trópico, cuya lumbre
semeja una vela agitada por la brisa. Rosa se levantó
como de costumbre, se cepilló el cabello, se pintó los
labios y se fue a colar el café a la cocina. Minutos después
su marido salió de la alcoba y se detuvo un momento
frente al patio, como era su costumbre, a admirar por
algunos instantes el refrescante paisaje matutino ilumi-
nado suavemente con la humedad del rocío sobre las
plantas y los sonidos de las aves mañaneras. Después
lo sintió revolviendo papeles en el cuarto que utilizaba
como oficina. Parecía ensimismado en la lectura de un
documento legal cuando Rosa entró al comedor con una
bandeja en la que traía el desayuno consistente en café,
panecillos y huevos.

—¿Cómo amaneciste? —preguntó Rosa con voz
zalamera.

—Bien —dijo él, ocupado en la lectura del legajo.

—¿Y cómo va el trabajo? —insistió Rosa colocando
sobre el mantel blanco las dos tazas de café y un plato
con huevos revueltos con tomate y cebolla.

—Todo va bien —respondió el abogado mientras
se disponía a tomar un sorbo de café.

—En cambio, yo estoy preocupada… Ay, Pablo,
¡si vieras qué susto pasé ayer! Es que ahora los hombres
no respetan ni a las mujeres casadas —dijo simulando
enfado, mientras tomaba asiento para desayunar al lado
de su esposo.

Sorprendido, Pablo dejó lo que estaba leyendo.

—¿Cómo? —preguntó alarmado—. ¿Qué fue lo que pasó?

—Imagínate que iba saliendo de comprar la carne, cuando un muchacho se me acercó, y sin decir nada vino y me dio un beso —dijo ella.

—¿Quién fue ese atrevido? —expresó él con enojo—. ¿Acaso no le dijiste que eras casada?

—Ni me preguntó. Pero cuando yo le dije que aprendiera a respetar a las mujeres casadas, él se sonrió y siguió caminando. Definitivamente, la gente de hoy no tiene moral —puntualizó Rosa mientras con aparente calma le daba un sorbo a su café con leche.

—¿Dónde ocurrió eso? —insistió el marido enfurecido.

—Por la calle principal —dijo ella.

—Pero dime, ¿tú habías visto a ese chico antes?

—No, jamás lo había visto, pero era un muchacho joven… La verdad es que me llevé un gran susto —expresó Rosa con notoria preocupación.

—De ahora en adelante tienes que fijarte cuando camines por la calle, y si lo encuentras, me avisas. Espera a que yo arregle cuentas con ese descarado —amenazó el joven marido antes de salir hacia el trabajo.

Un par de días después, Rosa se quejó de nuevo.

—Ay, Pablo, ahora sí no me queda duda de que aquí la gente ha perdido las buenas costumbres…

—¿Por qué lo dices? —preguntó alarmado el abogado.

—Imagínate que ayer, cuando salía de comprar carne, un hombre dizque estaba invitándome el próximo fin de semana a un viaje a Santa Marta.

—¿Cómo? ¡Tienes que decirme quién es ese descarado! —exclamó poniéndose lívido de la ira.

—¡Ya quisiera saber quién es! Con la cantidad de gente que está llegando todos los días a este pueblo. Me parece que es un forastero. Pero hoy cuando vaya a hacer los mandados, si lo veo en la calle voy a preguntarle cómo se llama —dijo Rosa.

—No, no, no. Hoy te acompaño a hacer las compras para que nadie te moleste. Y si ves al hombre me lo señalas, para enterarme y darle una lección. ¡No se imagina ese descarado lo que le espera! —y luego agregó molesto—: Increíble. No pueden ver una mujer bonita y sola en la calle porque ya quieren faltarle al respeto y meterse con ella.

A partir de ese día el abogado la acompañó a hacer las compras en el mercado. Asimismo, no volvió a salir de su casa sin dejarle saber a su mujer dónde se encontraba, por si acaso llegaba a necesitar su ayuda contra los tipos frescos que merodeaban el pueblo.

Para Rosa, el cambio fue inmediato. Ya su marido no tenía tiempo para entretenerse en la calle. Ahora vivía preocupado por su esposa, cuidándola, temeroso de que alguien estuviera tratando de enamorarla, o intentara faltarle al respeto. Ésa fue una victoria de la sicología femenina sobre lo que habría podido resultar de hacerle reclamos a su esposo.

—Mi marido no tenía ya tiempo de entretenerse en la calle, por estar cuidándome. Entonces, se invirtieron los papeles. Él vivía pendiente de mí, temeroso de que alguien se metiera conmigo. Por eso digo que a las mujeres muchas veces les falta sicología. Con pelearle a un hombre no se consigue nada —diría con orgullo años más tarde.

La vida matrimonial parecía bendecida por el cielo, pero los presagios se cernían como un ave de mal agüero sobre Aracataca. A falta de trabajo, las gentes empezaron a emigrar. Rosa no fue la excepción. La salida de la United Fruit Company ocasionó que una gran parte de la población tuviera que marcharse de Aracataca en busca de trabajo; también terminó por obligar al joven matrimonio a mudarse a la capital del país. "Cuando se cierra una puerta, se abre una ventana", dice el refrán. De esta forma el problema de falta de trabajo en Cataca le permitió a Rosa viajar en busca de una nueva vida y radicarse en Bogotá, esa gran ciudad en el altiplano de la que escuchaba a los norteamericanos decir que tenía un clima parecido a la primavera en los Estados Unidos.

Dejando atrás su profesión de maestra y despidiéndose de su familia con un adiós que no sabía que sería por muchos años, Rosa dejó atrás Aracataca. Le daba ilusión salir del pueblo, pero alimentaba el anhelo de poder regresar en el futuro.

Desde el primer momento la maestra se sintió cautivada por esa gran urbe donde rosas y geranios adornaban los jardines, la gente hablaba bajito, no se escuchaban malas palabras y el paisaje de las montañas azules de Guadalupe y Monserrate dominaba el panorama de un altiplano verde salpicado de fragantes eucaliptos y verdes cipreses. Asimismo, con su romería de gente, automóviles, edificios, autobuses y ruidos, Bogotá era una ciudad vibrante.

La mudanza a la capital colombiana representaba la realización de un sueño largamente esperado. Rosa no ocultaba su entusiasmo. Podía caminar por la calle todo el tiempo que quisiera sin sentir sobre la piel los aguijones del sol y no sudaba. En realidad, era tan distinto el ambiente al de Cataca, que le parecía que se había trasladado a vivir al extranjero. Aparte, se dio cuenta de que era frecuente que las mujeres trabajaran, algo que le llamaba mucho la atención. Sin embargo, ella estaba muy segura de para quién quería trabajar. "El mejor jefe que puedo tener es mi esposo", se dijo. Pero Rosa no tocó el tema con su marido de una manera directa.

Recurriendo de nuevo a su "sicología", en vez de decirle a su esposo que quería trabajar a su lado, le pidió que la ayudara a buscar un empleo entre su grupo de amigos y abogados.

Ella sabía que el talón de Aquiles de Pablo eran los celos, motivados en gran parte por los cuentos que ella le había echado en Aracataca. Después de pensarlo una semana, el abogado le dijo que prefería que se quedara a trabajar en su oficina. Rosa no era amiga de recurrir a trucos para conseguir lo que buscaba, pero ésa era la manera de cuidar a su marido y el pan de sus hijos.

Para Rosa, siempre existía el peligro de que la secretaria o cualquier otra mujer decidieran quedarse con su marido, un hombre bien plantado, inteligente, con un título de abogado y muy decente. Estaba segura de que no quería dejarlo solo en una oficina para que una mujer sin escrúpulos se dejara llevar por la tentación, y de pronto acabara con su familia.

Pablo Acuña abrió su propio bufete de abogados poniendo a cargo de la oficina a Rosa, quien se convirtió en su mano derecha y en la compañera indispensable. Siempre había sido una mujer organizada, despierta y detallista, cualidades que fueron sus aliadas para ayudar a impulsar la carrera del joven abogado. Asimismo, en la medida que fueron llegando los hijos, la maestra se propuso brindarles la calidad de educación que ella podía ofrecerles. Nunca conoció el cansancio cuando se trataba de abrirles un nuevo mundo a través de la enseñanza. Le hubiera gustado seguir el ejemplo de su madre, con la que aprendió todas las materias de la escuela elemental. Sin embargo, aquéllos eran otros tiempos; Rosa se sentiría satisfecha si lograba enseñarles las primeras letras, y el método que debían poner en práctica para llegar a ser buenos estudiantes. Era la madre y la esposa perfecta. Estaba decidida a que su matrimonio durara hasta la eternidad, pero el destino le puso una dura prueba con la súbita muerte de su esposo como consecuencia de un infarto cardiaco.

Le pareció que con la muerte de su marido le arrancaban el alma. De hecho, hubiese dado lo que fuera por tenerlo siempre a su lado. En medio del dolor, Rosa encontró refugio en el trabajo. La necesidad hizo que esa pasión que sintiera en su juventud por la enseñanza se le metiera de nuevo en el cuerpo como una herramienta que la impulsara a sacar adelante a sus siete hijos y, sin saber de dónde sacar los recursos, coronar su propósito de costearles a todos una carrera.

Ésa fue la etapa más difícil de su vida, sintiéndose muchas veces incapaz de hacerle frente sola al reto de levantar a su familia. No pasó mucho tiempo antes de darse cuenta de que el producto de un Montessori que abrió en su casa no era suficiente para cubrir los gastos familiares así que se inventó la forma de captar nuevos ingresos. En ese entonces no existían las fotocopiadoras, así que Rosa decidió ofrecer sus servicios de mecanógrafa a abogados que necesitaban tener impecables sus procesos judiciales y a estudiantes universitarios que esperaban presentar sus tesis de grado. Además, empezó a hacer costuras por encargo, labor que desarrollaba hasta altas horas de la noche sacrificando incluso su descanso de los fines de semana.

De la máquina de escribir a la máquina de coser, Rosa trabajaba día y noche para pagar las cuentas. No había tiempo para sentirse cansada en medio de la responsabilidad de conseguir el dinero para poner en la mesa el pan familiar, aparte de ocuparse de los problemas y necesidades de sus siete hijos. Las tareas eran interminables: comprar el mercado y la ropa, pagar los servicios de agua, luz y teléfono en la ventanilla del banco, vigilar los estudios y la disciplina de cada uno de sus hijos, remendar la ropa, pegar botones y organizar el hogar y la cocina. En medio de tanta necesidad, sentía que le faltaban manos y energía para completar sus múltiples tareas. Cualquier rato de esparcimiento, si es que lo había, era para compartirlo con sus hijos que tanto la necesitaban.

Sin embargo, a medida que sus hijos fueron creciendo empezaron a buscar su espacio. Siempre estuvieron pendientes de ella, pero era natural que con el paso de los años se enfocaran más en sus estudios y en sus nuevas amistades. Fue entonces cuando Rosa tuvo su primer encuentro con la soledad y empezó a refugiarse en la lectura, un pasatiempo que la alejaba de sus problemas y angustias cotidianas, aparte de hacerla sentir acompañada. Fue así como en el mundo de los libros se reencontró con su alumno quien, sin enterarse siquiera, en el otoño de su vida pasó a convertirse en su gran compañero y consuelo en la soledad.

De una manera simbólica, a través de la lectura de las obras de Gabito, ella rememoraba el pasado, un proceso mental que disfrutaba, especialmente cuando se trataba de identificar los personajes de los cuentos y novelas del escritor para compaginarlos con aquéllos que había conocido en la vida real; se había enterado de los sueños de los abuelos del escritor, el coronel Nicolás Márquez y doña Tranquilina Iguarán; había recordado el día en que doña Tranquilina les comentó su preocupación por Margot, hermana del laureado novelista, y su afición a comer tierra, y hasta había identificado a sus propias hermanas quienes parecían haber dado un salto a la inmortalidad dentro de la trama de *La hojarasca*.

Rosa se mantenía enterada de los principales acontecimientos a través de sus hermanas, Altagracia e Isabel, quienes se resistieron a salir del pueblo, ancladas en sus recuerdos. "Altagracia quedó viuda e Isabel nunca se casó. Decían que tomó esa decisión por la desilusión amorosa que tuvo con un novio al que quiso mucho, pero la dejó para casarse con otra. Siento mucha compasión por mi hermana, quien se echó a la pena y se la pasaba llorando. Otros hombres la pretendieron, pero ella no amó a nadie más. Al final, ni se casó, ni tuvo un hijo. Solamente rezaba. Todos los días iba a misa y no faltaba al rosario".

Rosa estaba convencida de que su hermana llegó a ser una santa, porque aparte de rezar era buena y no tenía pecados en su vida.

En la medida que leía, su mundo interno se fue expandiendo hasta convertirse en una mezcla de lo real, que era el presente, y la magia que rodeaba al pueblo en el que ella aprendió a desplegar sus alas.

Poco a poco el dolor de la muerte de su esposo iba cediendo gracias a estas lecturas, que empezaron a llenar los espacios de su soledad, haciendo que sus dificultades resultaran más llevaderas. Rosa no se dejó vencer fácilmente por los problemas; no solamente sacó adelante a su familia sino que además consiguió que sus hijos obtuvieran excelentes notas y llegaran a ser becados en sus estudios, todos con una profesión.

Así estaban las cosas en su vida cuando volvió a ver a su querido Gabito en esa inolvidable tarde en el Colón. Pero a partir de ese reencuentro Rosa empezó a disfrutar con mayor alegría el regreso cotidiano a la lectura de esas páginas que la transportaban al pasado, a regocijarse más con los triunfos de su alumno, a sentirse más unida espiritualmente al escritor y revivir la dicha indescriptible de haberlo visto de nuevo.

Hasta que un día, después de varios años de leer y releer sus libros, decidió escribirle una carta. Le decía que había disfrutado mucho ese reencuentro que tuvieron en el teatro, y le gustaría verlo de nuevo para hablarle de las memorias que aún conservaba de Aracataca.

Primero vio pasar los días y las semanas, y después fue acumulando los meses de estar revisando el correo con la esperanza de encontrar una carta de su recordado pupilo. Pero el tiempo fue pasando sin la anhelada respuesta. Ella estaba segura de que si su carta hubiese llegado a manos de su alumno, éste le habría respondido con algunas líneas. A lo mejor, empezó a pensar, la carta que escribió nunca llegó a su destino. ¿Se habría extraviado en el correo? ¿Habría anotado la dirección de una forma incorrecta? ¿O acaso la persona a cargo de leer la correspondencia del escritor le había restado importancia y la había destinado al basurero?

Todos estos interrogantes desfilaban por su memoria, hasta que después de muchos meses, que jamás pudo calcular porque le parecieron infinitos, cayó en cuenta de que la espera resultaba infructuosa y decidió escribirle de nuevo.

Salió a comprar una esquela de buena calidad, acorde con la importancia que para ella tenía el destinatario de su mensaje. "Mejor compro dos, por si cometo algún error o tengo necesidad de repetir alguna palabra", se dijo.

Cuando llegó a su casa, practicó varios trazos sobre un papel de carta corriente, y luego cuidadosamente escribió sobre la fina esquela diciendo que le encantaría que se reunieran de nuevo. También le contó que había decidido marcharse a los Estados Unidos con el propósito de realizar su sueño de aprender inglés. Eso sí, se cuidó mucho de revelarle su edad. Estaba por cumplir setenta y dos años.

Esta vez, la respuesta no tardó en llegar. La llevó el correo a su domicilio del barrio Paulo VI de Bogotá a los pocos días de haber partido hacia los Estados Unidos. Ya para entonces Rosa se había inscrito en una escuela de inglés y se alojaba en el apartamento de sus amigas Carola Aycardi y su hija Rosie, barranquilleras y residentes por muchos años en Miami Beach.

Una tarde, al regresar de clase, Carola le entregó un sobre. Con el corazón anhelante, y casi temblorosa, Rosa lo abrió con mucho cuidado para evitar que se estropeara. En su interior había una pequeña esquela de papel escrita con tinta negra, en letra manuscrita, muy pareja y organizada. Iba dirigida "A mi querida maestra" y en ella el escritor la invitaba a pasar unos días con él y su esposa Mercedes en su casa de México, en el Pedregal de San Ángel. La fecha estaba fijada para "setiembre", palabra que venía escrita al estilo del castellano antiguo.

El escritor apuntaba que a su regreso esperaba encontrar en su apartado postal "un papelito tuyo con el número de teléfono, para llamarte y coordinar tu viaje a México. Abrazos, Gabriel". Ella acarició la tarjeta fechada el 20 de julio de 1982.

Con una alegría indescriptible, Rosa comenzó a soñar con esa invitación tan especial del novelista. Hasta empezó a organizar mentalmente la maleta con los vestidos que llevaría y consultó con su amiga Beatriz, una periodista que conocía a Gabo, si la ropa que tenía en Miami era apropiada para México. Emocionada, decía que por fin tendría la ocasión de compartir con su querido alumno sus experiencias y su propia visión de ese pueblo diminuto y lejano que fue tan defintorio en la vida de ambos. Rosa sintió que por fin había llegado el momento de hablarle de sus vivencias. Las tenía tan frescas en su memoria como cuando recorría las calles de Aracataca en el trayecto a la escuela; algunas veces sola y otras al lado de su alumno, llevándolo a la escuela o de regreso a su casa.

¿Qué iba pasando por esa cabecita para llegar un día a transformar la vida cotidiana de un pueblo en una gran epopeya? ¿Y quién mejor que ella para refrescarle las imágenes que él vio con ojos de niño y ella conoció en tres etapas, como niña, adolescente y mujer?

Había tantas cosas que quería contarle al laureado escritor... Pero ahora que recibía tan anhelada invitación no podía empacar maletas y salir para México en el primer avión. Antes tendría que esperar a que las clases en que se había inscrito en Miami terminaran.

"Primero tengo que aprender inglés. Desde que vivía en Aracataca soñaba con entender lo que hablaban los americanos. Aparte, si no lo hago, ¿qué va a pensar Gabito?", se preguntó confundida, luchando internamente con el deseo de dejarlo todo para salir corriendo a reunirse con su alumno. Entonces, un día, en la parada del autobús que la llevaba a la escuela, vio en una caja de venta de periódicos el rostro de su alumno en la primera plana del diario.

"Pro Castro novelist wins Nobel" (Novelista pro castrista gana el Nobel), decía el titular en inglés, que por una parte la llenaba de orgullo por el premio, y por otra de indignación por la forma despectiva como estaba escrito. Era la época en que la palabra "Colombian" (colombiano), en inglés, estaba siempre unida en las páginas de los periódicos al escándalo de noticias sobre el narcotráfico. Pero en un acontecimiento tan importante como un premio Nobel, el país de origen del escritor no aparecía en el cintillo de primera plana del diario *The Miami Herald*. Simplemente destacaba que un novelista pro castrista había ganado el premio Nobel, sin señalar siquiera a Colombia como su nacionalidad. Rosa estaba indignada, al igual que muchos compatriotas suyos.

"Todos mis triunfos son tuyos", le había dicho su alumno. Así lo sentía Rosa. Y de la misma forma, le gustaba estar al tanto de cualquier noticia favorable o adversa. A fin de cuentas, tenían en común un tiempo vivido único en la vida de ambos, aparte de ese pueblo lejano lleno de buenos recuerdos, algo que estaba por encima de todo, aun de las diferencias políticas.

Su alumno, ¡un premio Nobel! Parecía una colegiala que se prepara para una gran fiesta y ella sabía que ese momento era histórico. No había en la tierra una maestra más orgullosa. Desde Miami, siguió la noticia a través de los titulares de los diarios de todo el mundo que vendían en un estanquillo cercano, y los recortes de periódicos que le llevaban diligentemente sus compañeros de las clases de inglés. Como en un sueño, leía las crónicas de la prensa colombiana sobre la forma como la Academia Sueca escogía a los ganadores, y después seguiría cada movimiento de su alumno en Estocolmo. Se había enterado de que el escritor había llegado al aeropuerto vestido con un liqui-liqui blanco y llevando una flor amarilla en la mano y conservaba como una gran reliquia un anuncio de página entera que se publicó en la prensa colombiana a todo color, con la cara de su alumno exhibiendo una sonrisa Caribe, el abundante pelo en desorden y una camisa roja. Sobre su cabeza revoloteaban mariposas amarillas formando una corona de laureles. "Esta noche, a partir de las ocho, Inravisión y RTI transmitirán para todo el país la entrega del Premio Nobel de Literatura 1982 al colombiano Gabriel García Márquez", decía el titular del anuncio publicitario que terminaba invitando a la teleaudiencia a seguir "el momento más importante de la historia cultural colombiana".

XIV
El Premio Nobel

El 10 de diciembre de 1982 Colombia vivía una gran fiesta. El país entero celebraba. Uno de sus hijos ponía la cara buena de sus gentes con el mayor premio jamás alcanzado en toda su historia: el premio Nobel de Literatura.

Debido a las diferencias de los husos horarios, varias horas antes, a las cuatro de la tarde y bajo un cielo de plomo, se abrieron las puertas del lujoso Palacio de los Conciertos de Estocolmo para dar comienzo a la fastuosa ceremonia presidida por el rey Carlos Gustavo XVI en la que se entregaría el reconocimiento más crucial del planeta al escritor colombiano y otros seis ganadores en otras disciplinas del conocimiento. El fundador de estos premios, el científico Alfred Nobel, inventor de la dinamita, dejó al morir un capital millonario que destinó casi en su totalidad a estos galardones con la esperanza de estimular a la humanidad a trabajar por los más altos designios del saber y del bienestar de todo el mundo. Desde 1900, científicos, economistas, políticos, filántropos y literatos competían por esta honrosa distinción, la más importante en el mundo. Por disposición del rey, el único premio que no se entrega en Estocolmo es el de la paz, que conceden conjuntamente Suecia y Noruega, y se otorga el mismo día en Oslo. Ese año los ganadores habían sido los activistas antinucleares Alva Myrdal, de Suecia, y el diplomático Alfonso García Robles, de México, quienes recibieron el galardón de manos del rey Olaf v de Noruega en una imponente ceremonia.

Gabito se sentó a un lado del salón, formando con los ganadores en otras disciplinas del saber un semicírculo en frente del monarca y en presencia de un auditorio de 1750 personas, entre miembros de la familia real, diplomáticos y destacadas figuras mundiales que habían llegado de riguroso protocolo —frac para los hombres y traje largo para las damas—, todos los invitados vestidos de negro con excepción del Nobel colombiano. Minutos después, el auditorio, proveniente de todo el mundo, se pondría de pie al escuchar los acordes de la Filarmónica de Estocolmo interpretando el himno nacional sueco que abre la ceremonia.

A continuación, un miembro de la academia sueca procedió a leer los motivos que los llevaron a escoger al ganador de cada premio consistente en una medalla de oro, un diploma de acreditación y una autorización para reclamar al día siguiente el monto del galardón, que en ese entonces era de 1'150.000 coronas. Gabriel García Márquez fue el último en recibir el premio, de pie sobre un círculo en el que se destacaba una letra N, en color amarillo dorado.

Ya para entonces Rosa se había enterado de lo mucho que había significado en la vida de su alumno, quien con una solemnidad inusual en su temperamento Caribe, se acercó al podio por el pergamino con su nombre y una pequeña caja forrada en terciopelo mostaza en la que se destacaba la medalla de oro con la imagen de Alfred Nobel.

"Dedico este premio a mi primera maestra del colegio Montessori de Aracataca que a los cinco años me enseñó a amar la literatura", habían sido las emotivas palabras del escritor minutos antes, frente a la prensa. Palabras que tuvieron eco a ocho mil millas de distancia y que escucharía Rosa Fergusson con los ojos bañados en lágrimas.

Era como si uno de esos aguaceros descomunales de Aracataca se hubiera desgajado sobre sus mejillas. Ajena al griterío que se había levantado a su alrededor en un club nocturno de Miami, donde se seguía la ceremonia con la devoción de un milagro, ella no quitaba los ojos de la pantalla de televisión.

Después de un receso de cuarenta y cinco minutos, la imponente ceremonia se trasladó al majestuoso edificio del Ayuntamiento, en un evento de protocolo riguroso al que asistieron ochocientas cincuenta personas. El fastuoso banquete es una tradición gastronómica que se inicia con un brindis, con todos los invitados sentados. El menú incluía filete de reno marinado con salsa Dijon. Y como postre, el muy refinado Parfait Glace Nobel, consistente en un helado glaseado adornado con unas bayas pequeñas, el cual fue presentado a los asistentes muy ceremoniosamente después de que se apagaron las luces por unos instantes y un redoble de tambores anunció la entrada de ciento cincuenta meseros uniformados sosteniendo las bandejas que refulgían con las llamas del *flambé*, en un espectáculo digno de un cuento de hadas.

Una noche que el escritor posiblemente no anticipaba ni en sueños y que compartió con su valiosa aliada en tiempos difíciles, su esposa Mercedes Barcha, y sus hijos Rodrigo y Gonzalo.

Al terminar los postres y siguiendo la tradición, le tocó hablar al premio Nobel de Literatura. El autor colombiano pronunció, en español, un memorable discurso que después sería impreso en periódicos de todo el mundo.

Mientras en Estocolmo era la gran noche de la solemne celebración, en Colombia apenas marcaba el reloj las diez de la mañana, y ya para entonces el país latino celebraba el extraordinario acontecimiento. Esa noche los noticieros del continente destacaron la noticia de la premiación que en Colombia fue trasmitida en su totalidad y sin comerciales.

En Miami, ese gran momento se anunció como el plato principal de la noche en un centro nocturno colombiano, en donde se proyectaría en una enorme pantalla. Rosa acudió con algunas compañeras de su clase de inglés que esperaban las imágenes entre ritmos tropicales y vallenatos. De pronto, el salón quedó en silencio y se encendió la pantalla para dar paso a la entrega del Nobel, precedida por los acordes clásicos de la Orquesta Filarmónica de Suecia. Rosa no perdió detalle; podía decirse que era tanta su dicha que hasta sus ojos despedían luz.

"Premio Nobel de Literatura: Gabriel García Márquez", anunció una voz.

"Rosa, Rosa", sintió que le decían sus compañeras en el festejo cuando se vio la imagen de Gabito recibiendo el premio y las palabras que minutos antes había pronunciado en la rueda de prensa previa al gran momento.

"Dedico este premio a mi primera maestra, que me enseñó a escribir y a amar la literatura".

Rosa se quedó sin palabras. Las lágrimas rodaban por sus mejillas. Era demasiada emoción para una noche.

Minutos después, se dio cuenta de que ese gran momento que había presenciado también significaba el fin del reencuentro que habían preparado.

—Ahora ya va a ser muy difícil verlo —dijo muy seria, pensando en la invitación que el escritor le había hecho—. Gabito va a estar muy ocupado viajando por el mundo.

XV

Un amor imposible

Primero era el niño enamorado de su maestra. Al pasar los años, se cambiaron los papeles, y era la maestra la que se ruborizaba cuando pensaba en su alumno. Ver una noticia de Gabito en la prensa le iluminaba el día; él era su gran orgullo. Pero la maestra sabía que la fama trae la pérdida de la privacidad, que ella valoraba como un gran tesoro. Poder pasear, ir de compras, subirse a un bus o ir a cenar a un restaurante sin tener encima el asedio de la gente, son privilegios reservados únicamente a quienes no han saboreado las mieles de la fama. Y ella estaba decidida a disfrutar de esa privacidad que, por contraste, había perdido su alumno, aun antes de ganarse el premio Nobel de Literatura.

Ese Aracataca lejano en la memoria que el escritor mostró al mundo como Macondo, en lo que de ahí en adelante se llamaría "realismo mágico", era suyo también. Pero eso no era algo que revelaba a los cuatro vientos; más bien se trataba de un tesoro muy preciado, que ella guardaba en su corazón con esa discreción que rubricaría su vida y sus extraordinarios logros a lo largo de su vida, como estudiante, madre y maestra.

Con frecuencia Rosa se sentaba a leer alguna obra de Gabo, riéndose de buena gana. Parecía envuelta en una luz mágica que la regresaba a esa juventud lejana que encontraba recreada en las páginas de un libro.

Conocedora de todos los libros de su alumno, que leyó en varias oportunidades, era su incondicional admiradora. Cuando alguien le preguntaba cuál de sus libros era el favorito, su respuesta siempre era: "Todos". Pero ya en el círculo más íntimo de quienes le rodeaban, no quedaba duda de que *Cien años de soledad* fue el que más disfrutó, y posiblemente el que más veces releyó.

Sobre sus sentimientos, lo importante era que Gabo había sido feliz con Mercedes, y ella con su esposo Pablo Acuña, del que había sido además su mejor amiga, su compañera, su mano derecha, y hasta su consejera legal en muchas ocasiones. Con él tuvo siete hijos: Rocío, Felia, Maritza, Pablo, Alida, Claudia Marcela y Edith, todos con un grado universitario, con excepción de una hija con limitaciones físicas.

Corría el año 1982 y, hasta ese momento, Rosa sentía que había alcanzado todo en su vida. Había logrado salir de Aracataca, vivía en un buen sector de Bogotá, una ciudad donde si lo logras, especialmente si vienes de la provincia, es como triunfar en Nueva York. Sus padres le habían dicho que al casarse con un profesional había asegurado su futuro y el de sus hijos. La muerte de su esposo lo cambió todo.

Al quedar viuda, la maestra sintió un dolor tan grande que pensó que se iba a acabar el mundo. Aparte, ¡quedaba sola y con siete hijos! Tuvo que sacar fuerzas para trabajar muy duro. Soltaba la máquina de coser y cogía la de escribir. Gracias a ese esfuerzo todos sus hijos terminaron una profesión. Sin embargo, el día de la muerte de su esposo no fue el día más doloroso de su vida. Su mayor pena ocurrió cuando su hija Rocío, que era médica, murió de leucemia a los treinta y seis años dejando dos hijas pequeñas.

Una de sus hijas sufría de síndrome de Down y requería atención especial. Parecía una tarea imposible sacar adelante a sus hijos, pero el esfuerzo de Rosa tuvo recompensa. Seis de sus siete hijos estudiaron una profesión y ella se ufanaba de tener en la familia dos abogados y dos médicos.

Cuando le preguntaban por qué prefería que la llamaran Rosa Fergusson y no Rosa Fergusson de Acuña, como la mayor parte de las mujeres casadas de su generación, ella tenía una respuesta acorde con sus ideas progresistas:

"Porque yo soy y siempre he sido Rosa Fergusson. Ése es mi nombre desde que nací. Siempre pensé que era injusto que las mujeres tuviéramos que llamarnos 'de', como si le perteneciéramos a alguien. Ningún ser humano puede ser pertenencia de nadie, pues eso va contra la libertad de la persona, contra el individuo. Una mujer o un hombre nacen con un nombre y en una familia, y al casarse, todo eso que tenías atrás no desaparece para cambiar tu apellido por otro. Los hombres, por ejemplo, no lo hacen. Además, eres 'de' y si te ocurre como a mí, cuando perdí a mi esposo, eso significaría que al perder a tu pareja ya no eres de nadie", decía.

Rosa había olvidado la gran fascinación que ejercía sobre su alumno a pesar de que en una ocasión doña

Tranquilina le comentó que Gabito le había dicho que cuando se acercaba a su maestra, sentía deseos de besarla. Pero un día la revelación surgió sorpresivamente cuando su yerno Eduardo Castro leyó unas líneas de *El olor de la guayaba,* el libro de conversaciones de García Márquez con el escritor Plinio Apuleyo Mendoza.

De pronto, suspendiendo la lectura le dijo:

—Rosa, mire este libro sobre Gabo y lo que dice de usted.

Entonces su yerno siguió leyendo en voz alta lo que el escritor había expresado sobre su maestra.

> La que me enseñó a leer era una maestra muy bella, muy graciosa, muy inteligente, que me inculcó el gusto de ir a la escuela, sólo por verla.

Y más adelante, al preguntarle Plinio Apuleyo Mendoza a Gabo sobre la primera vez que se sintió perturbado por una mujer, la respuesta fue inmediata:

> La primera que me fascinó, como ya te dije, fue la maestra que me enseñó a escribir a los cinco años.

Al leer esa ingenua declaración de amor, la maestra se sonrojó, como si el propio autor estuviera a su lado. Emocionada, solamente atinó a decir:

—Ay, eso es mucho, es mucho, Gabito.

XVI
Reencuentro en la "Tierra del Olvido"

Entre música de acordeones y vallenatos se realizaría el reencuentro. Habían pasado dieciséis años desde la última vez que se vieron en el teatro Colón, y casi veinticinco de aquella ocasión en que fue a saludar a Gabito a la redacción de *El Espectador* por unos cuantos minutos, que le parecieron segundos. Pero como dice el refrán, "a la tercera va la vencida".

Un año después de su viaje para estudiar inglés en Miami, Rosa había regresado a Bogotá. Sin embargo, no había perdido la esperanza de reunirse de nuevo con su alumno y se propuso sorprenderlo durante el Festival de la Leyenda Vallenata, en Valledupar, en medio de un ambiente alegremente tropical de canciones e historias convertidas en leyendas, noches de inspiración, aguardiente y ron bajo la luz de las estrellas y el clamor popular en la que para muchos es la mejor fiesta del mundo.

Rosa estaba decidida a no dejar pasar la oportunidad. Menos aún teniendo en cuenta que el ambiente estaría impregnado de esa música de acordeones y gaitas que tanto disfrutaba en esa juventud lejana de carnavales y fiestas patronales.

El viaje había sido largo y difícil sobre el sendero desigual y polvoriento que ella aguantó con la estoica decisión de llegar hasta donde estaba su exalumno. Ya para entonces se sentía dueña del gran secreto que solamente se atrevió a revelar una vez en su vida y que se había prometido mantener bajo siete llaves. No le gustaban los secretos, pero en este caso le parecía que se justificaba el silencio. Aparte, decirlo no tenía caso, ya que se había propuesto que nadie, ni siquiera Gabito, se enterara de sus sentimientos. En cambio, sí había sido muy directa al expresar su interés en que el escritor le ayudara a difundir la importancia del método Montessori.

Con ese propósito, Luisa, la mamá de Gabo, decidió ayudarla invitándola a Cartagena, donde el escritor estaría de paso. Sin embargo, al llegar a la llamada Ciudad Heroica, Rosa se encontró con que su alumno había salido de viaje el día anterior.

—Vamos, no te desanimes. Gabo vino de México para asistir al Festival de la Leyenda Vallenata de Valledupar. Anímate, allí estará por varios días y podrás hablarle. Aparte, Gabo me ha dicho que quiere hablar contigo para unos detalles sobre su biografía —le dijo Luisa a Rosa, quien ya rondaba los setenta y cinco años, pero a quien energías no le faltaban para el largo viaje hacia la población colombiana: trescientos sesenta y cinco kilómetros en casi siete horas de recorrido, en algunas partes por carretera sin pavimento.

Mientras viajaba hacia el destino en que se había propuesto el reencuentro con el Nobel, a la maestra le pareció que soñaba. ¡Reunirse con su alumno en medio de tanto jolgorio y alegría! Sin duda una gran celebración en la que la música se apoderaba de Valledupar mientras leyendas de amores y despechos se batían en un duelo musical frente a un jurado que ese año estuvo presidido por el escritor, el rey del género, Rafael Escalona, y el ex presidente Alfonso López Michelsen.

No había espadas en este duelo entre los duros del ritmo, que se celebraba sobre el escenario, en honor de Francisco Moscote, un personaje legendario que fue mensajero y precursor del ritmo. Por años tan largos como siglos recorrió sobre un burro la ruta de los pueblos de la costa llevando mensajes, encargos y su acordeón, que era su compañero fiel e indispensable para transformar las noticias cotidianas en una grandiosa epopeya musical. El sol era inclemente en su camino, y la marcha difícil hacia cada población, donde lo recibían como a un profeta que en vez de predecir calamidades cantaba acompañado de su acordeón las últimas noticias mientras envolvía a todos con la magia de su retórica y su música. Hasta que un día se encontró con el diablo, quien lo retó a un duelo. El juglar tuvo miedo; se trataba de una lucha desigual, pero se armó de valor y aceptó la difícil pelea. Enfrentados musicalmente, uno cantaba y el otro le respondía, y la contienda entre el mensajero cantor y el temido retador de los infiernos parecía cada vez más difícil de ganar, más aún teniendo en cuenta que le prohibió nombrar los santos que tanto abundaban en sus coloridas leyendas.

No le quedaban muchos recursos al eficiente juglar, cuando a Francisco Moscote se le ocurrió cantar recitando el credo al revés. Al escucharlo, el diablo dio un estrepitoso aullido de derrota y, con la cola entre las piernas, puso pies en polvorosa. Como evidencia de su vergonzosa derrota frente a un simple mortal solamente quedó para la leyenda la palmera chamuscada debajo de la cual Francisco Moscote lo venció.

Desde entonces, en memoria del mítico personaje, los veteranos del ritmo y los artistas nuevos del vallenato compiten cada año, enfrentados con su acordeón; una lucha enardecida por el entusiasmo del público y rubricada por los aromas etílicos del whisky, aguardiente y ron blanco de una multitud feliz que canta y bebe, bebe y canta, hasta que la música deja de sonar o el trago los deja dormidos. Al final de la jornada, sobre la tarima que rinde homenaje a Francisco, "El Hombre", el ganador ostenta el título de "Rey Vallenato" por un año.

La ocasión para reencontrarse con su alumno no podía ser más apropiada. Emocionada, se dijo que al fin iba a poder felicitarlo en persona y tal vez mostrarle una bella página que conservaba con el texto de su discurso en *El Heraldo* de Barranquilla, periódico que había comprado durante su estancia en Miami.

A pocas horas de llegar a Valledupar, se enteró de que Gabo estaría en una fiesta en casa de Consuelo Araujo Noguera, una de las principales organizadoras del festival. Rosa había llegado muy temprano a la reunión y no se sorprendió al verlo entrar al salón en medio de un revoloteo de gente. Era difícil acercarse al escritor, pero como una niña traviesa, se puso en pie, ingeniándoselas para sorprenderlo por detrás.

Tapándole los ojos con sus manos le dijo:

—Adivina quién soy…

—Mi maestra, Rosa Helena Fergusson —respondió el escritor levantándose del asiento y dándole un abrazo.

Rosa le reprochó su olvido, y el escritor le dijo que hacía rato la buscaba. Pero un minuto más tarde un tropel de admiradores lo arrebató de su lado.

Había soñado ese reencuentro con su alumno, pero su anhelo era tener una larga conversación con él. Feliz de haberlo visto, pero un poco desilusionada de no haber podido compartir más tiempo con su alumno, pensaba que ya no lo vería más. Pero el último día del festival, salía del baño cuando sintió que un carro negro se detuvo frente a la puerta de la casa donde se alojaba. Escuchó que un hombre se apeaba del auto y preguntaba por ella.

Acercándose a la puerta, Rosa se identificó:

—Yo soy la persona que usted busca.

El conductor la miró con picardía y con una sonrisa le dijo:

—Súbase a este carro que Gabo la mandó secuestrar.

Felicísima, se arregló en unos pocos segundos y se subió al automóvil que algunas cuadras más adelante se detuvo frente a la casa donde se estaba alojando el escritor. Habían pasado dieciséis años desde que se vieron en el Colón, y después de esperar una respuesta a las cartas que posiblemente jamás llegaron a las manos de él, por fin se daba el reencuentro con el laureado autor y ese pasado que los ataba con hilos invisibles.

Además, Rosa tenía que decirle a su alumno que el momento en que le dedicó el Nobel, sintió que estaba viviendo el momento más importante de su vida.

XVII

El gran secreto

Su secreto había quedado en el Miami de las playas blancas, las palmeras, los restaurantes cubanos con sus frijoles negros, arroz blanco, maduros y vaca frita. Ese paraíso de un mar azulísimo y una mezcla de razas y culturas, donde en el verano hace casi tanto calor como en Aracataca, pero el aire acondicionado de los negocios y oficinas está habitualmente tan mal calibrado, que la gente prácticamente se congela del frío y tiene que ponerse un saco para trabajar, comer o estudiar. Sin duda, una costumbre que Rosa nunca entendería.

De fácil conversación, educada y alegre, a Rosa no le costaba trabajo hacer nuevas amistades. Fue así como conoció a la corresponsal del diario *El Tiempo*, en Miami, una periodista que llegó a su vida por sugerencia de Gabo.

—¿Te parece que estoy muy vieja? —le preguntó un día la maestra.

A la periodista le tomó un par de minutos evaluar su interrogante. La miró a los ojos y entonces ya no le quedó duda.

—No. En el espíritu eres más joven que mucha gente que conozco y hasta que yo misma —respondió.

—Entonces, si te llegas a enterar de un norteamericano de mi edad que quiera casarse, ¿podrías presentármelo? Llevo muchos años viuda, saqué a todos mis hijos adelante y aunque mis hijas viven pendientes de mí, extraño mucho no tener un compañero —dijo demostrando que a su edad todavía se puede soñar con el amor.

Cabe anotar que en ese entonces Rosa aseguraba que rondaba los sesenta. No podía ser de otra manera para una mujer sin edad, sin temor a los obstáculos, ni a desplegar las alas y viajar a otras tierras con el propósito de aprender un nuevo idioma o encontrar el amor.

Una semana más tarde la periodista llamó:

—Rosa, creo que te he encontrado un compañero —le dijo.

La voz al otro lado de la línea no pudo disimular su entusiasmo:

—¿Me vas a presentar un hombre americano? —preguntó emocionada.

La verdad es que la periodista habría hecho lo que fuera por complacerla. Pero los pocos hombres norteamericanos que conocía eran jóvenes compañeros de clases en la Florida International University, y seguramente no iban a querer salir con una mujer mayor. En cambio, entre la comunidad de cubanos exiliados, sí contaba con la amistad de varios hombres mayores solteros. Segura de haber hecho una buena elección, le habló de las ventajas del candidato.

—El hombre que te quiero presentar no es norteamericano porque me parece que no lo entenderías cuando te habla. Quiero que conozcas a un cubano muy inteligente, intelectual y además bilingüe. Con él puedes hablar español. Si no te gusta, puede ser un buen amigo y al mismo tiempo tu maestro de inglés.

No quedaba duda de que era el candidato perfecto. Se trataba del escritor que días antes le había expresado a la periodista su interés en que le presentara una amiga. Le pareció que la maestra y el escritor podían formar una buena pareja: ambos eran buenos conversadores, tenían un trato amable, un gran sentido del humor y se identificaban en sus puntos de vista sobre la política, algo que era muy importante para el candidato, un luchador de las ideas del exilio en Miami. Aparte, Rosa era muy proamericana, dispuesta a echar raíces en Estados Unidos y enemiga del comunismo. Sin duda, considerando la edad que ambos tenían y su afinidad en tantas cosas, parecía que cada uno encontraría en el otro el complemento perfecto.

El encuentro se pactó para un viernes por la tarde y se acordó que la periodista iría a buscarla a la portería del edificio donde se alojaba, para recogerla en su automóvil.

Rosa se veía radiante; llevaba un buen perfume, tenía las uñas recién pintadas y se había puesto un vestido elegante y discreto de seda azul oscuro con pequeños diseños de color.

La cita se había pactado en La Tranquera, un centro nocturno colombiano que estuvo de moda en la década de los ochenta, ubicado en las proximidades de la Pequeña Habana. Era el sitio preferido de los rumberos colombianos.

Al llegar la maestra, su pretendiente ya estaba esperando en la puerta, lo que ya le daba un punto a su favor.

Les habían reservado una mesita lejana, para evitar el bullicio de los parlantes con música a todo volumen.

Todo parecía marchar sobre ruedas. El escritor cubano y la maestra conversaron con entusiasmo hasta la medianoche; hablaron de Cuba y Aracataca, del cielo azulísimo de sus respectivos pueblos, se confesaron que en ninguna parte habían visto un color igual; de los recuerdos de Gabito, de las mejores medicinas para el catarro y la necesidad de mantenerse activos como antídoto para la vejez.

Después de un par de copas de vino y una picada de carnes, dentro de un ambiente de mucha alegría, parecían escucharse campanas de boda para esta pareja otoñal. Sin embargo, cuando ya rondando la medianoche, iban en el carro de regreso, Rosa dijo que le parecía extraño que su supuesto pretendiente no le pidiera su teléfono.

—Posiblemente no te lo pidió porque sabe que yo lo tengo. Espera y verás que va a llamar para pedirme tu teléfono —le respondió su amiga.

A la mañana siguiente del memorable encuentro, la periodista recibió una llamada de Mario.

—Beatriz, tu amiga es encantadora, pero por favor no me presentes a mujeres viejas. Cuando te dije que quería conocer a una amiga tuya, me refería a alguien de tu edad —dijo sin darse cuenta del abismo generacional.

Así, el romance de la maestra había muerto y la que podría haber sido una linda unión de compañía en el otoño de la vida, se quedó sin zarpar del puerto de las ilusiones.

Rosa nunca se enteró de lo ocurrido. Cuando preguntó por qué su supuesto pretendiente había desaparecido, la respuesta fue que había salido de viaje a Costa Rica, y tardaría seis meses en regresar. Así son las ironías de la vida. Una mujer tan bella y llena de cualidades no era la pareja ideal para un hombre que rondaba los ochenta años, y que habría encontrado en la maestra a la compañera perfecta.

Rosa parecía haber creído la historia del viaje del supuesto pretendiente a Costa Rica. Pero un domingo, en el restaurante Versailles de la Pequeña Habana, después de ordenar un arroz con pollo, pareció reflexionar en voz alta:

—Los hombres perdonan todo en una mujer, menos el paso de los años —dijo con alguna tristeza.

—¿Por qué lo dices? —preguntó la periodista.

—Porque es una realidad de la vida —respondió.

Entonces, mirándola fijamente, la periodista se atrevió a hacerle una pregunta que le revoloteaba en su mente desde varios días atrás.

—Cuéntame algo, Rosa. Gabo ha dicho que de niño estaba enamorado de ti… Pero a mí me parece que se han invertido los papeles. Sé franca conmigo. ¿Acaso ahora tú estás enamorada de él?

No pareció que la pregunta la hubiera sorprendido. De hecho, parecía que ella misma había hecho antes esa reflexión. Entonces dijo:

—Ay, niña, no se te ocurra decir algo así. ¿No ves que, aunque yo soy viuda, él está felizmente casado con Mercedes? Aparte, eso nunca llegaría a pasar. Al principio, yo era una mujer y en ese entonces nunca pensé en Gabito sino como maestra; era mi querido alumno, apenas un niño con fantasías. Después yo me casé, y él también formó su hogar. Ambos fuimos felices… Digamos que yo fui su sueño imposible, y él también el mío.

"Eres una bandida… Te das cuenta de todo —dijo sonriente.

Después se quedó pensativa. Y siguió revelando por fin su secreto, ése que desde hace tantos años trataba de ocultar, pero que le daba sentido a su pasado y llenaba de ilusión el otoño de su vida.

—¿Que si lo que siento hoy por Gabito es amor? Es verdad, hay algo de eso… Al final lo has descubierto. Pero así son las cosas. Estaba marcado en el destino que nuestras vidas nunca coincidieran. De todas maneras, me siento agradecida. Prefiero vivir en sus recuerdos con la frescura de la juventud, como su maestra.

Epílogo

Cómo nació este libro

Cuatro semanas antes de que se diera a conocer la noticia del premio Nobel para García Márquez y ajena al gran acontecimiento que se estaba gestando, llamé por teléfono al famoso escritor. En su casa de México, respondió una empleada. Atrás, se escuchaba la voz de su esposa, doña Mercedes Barcha, hablando con alguien sobre unas cortinas para las ventanas. Minutos después el escritor pasó al teléfono.

Nos habíamos conocido en 1978 en La Habana, cuando yo viajé a la isla con el propósito de conseguir una entrevista con Huber Matos, ex comandante de la revolución, que llevaba más de veinte años encarcelado como prisionero político. Se estaba celebrando en ese momento en Cuba el Festival de la Juventud y los Estudiantes, y en el marco de la reunión hemisférica a la que asistieron algunas figuras controversiales, incluyendo al coronel libio Omar Kadafi, pensé que a lo mejor podía entrevistar al famoso disidente cubano o al menos enterarme si estaba vivo. Finalmente conseguiría entrevistar a Matos un par de años más tarde, en Miami.

Recuerdo la reacción del guía y otras personas del comité de recibimiento cuando poco después de llegar a

La Habana, mientras nos iban mostrando los principales edificios pregunté en el autobús:

—¿Dónde vive Fidel Castro?

Como respuesta recibí un silencio de acero. Insistí de nuevo y el guía pareció no escuchar la pregunta. Hasta que por fin, ante mi persistencia y la de otros pasajeros, respondió:

—Eso nadie lo sabe —afirmó el guía—. ¿Por qué quieres saberlo?

—Porque si voy a Panamá, sé dónde vive Torrijos; si voy a Venezuela sé dónde vive Carlos Andrés Pérez y si estoy en Colombia también sé dónde vive nuestro presidente —insistí con la ingenuidad y osadía de mis veintitantos años.

—Aquí nadie lo puede saber porque tenemos a los enemigos de la revolución a noventa millas de distancia —me respondió el guía.

—Entonces, si yo fuera una mujer cubana y quisiera dejarle saber al que manda arriba que tengo un problema, ¿con quién me puedo quejar si no sé ni dónde vive el gobernante de mi país? —insistí.

Me explicó que para eso estaban los encargados de las distintas organizaciones del gobierno. Yo continué esa noche mi búsqueda por las calles de La Habana, consiguiendo únicamente que dos misteriosos funcionarios empezaran a seguirme a mí y a una chica caleña que se había ofrecido a acompañarme en mis pesquisas. Nos causaba extrañeza ver ese carro negro de vidrios oscuros detrás de nosotras por varias cuadras. Finalmente, les pregunté por qué nos seguían. Terminaron por invitarnos una copa en un local que fungía como bar, en un sótano de La Habana. Sobra decir que estábamos temerosas de aceptarle una bebida a los dos extraños hasta que después de diez cuadras tratando de esquivarlos no nos quedó duda de que mi curiosidad había motivado el seguimiento. Finalmente, terminamos por aceptar la invitación y decidimos tomar jugo de guayaba mientras trataban de averiguar el motivo de mis preguntas. Decepcionados de que no aceptáramos una invitación a un trago y dándose cuenta de que yo no representaba ningún peligro, nos despedimos frente al hotel. Me aconsejaron que no siguiera preguntando dónde quedaba la residencia del comandante y que dejara de pedir Coca Cola en los hoteles porque, definitivamente, no la encontraría.

Al día siguiente, después de ir a escuchar un discurso de Fidel Castro en la Plaza de la Revolución, dos jóvenes disidentes me confirmaron que Matos aún vivía. Seguí mi recorrido por La Habana con un grupo de estudiantes y periodistas venezolanos, y la chica caleña que era mi compañera de cuarto. En el trayecto, decidimos hacer un alto en La Bodeguita del Medio, un famoso restaurante y bar cubano que en otra época tuvo al escritor Ernest Hemingway entre sus clientes.

Un empleado del bar me estaba preparando un mojito cuando de pronto escuché que alguien me llamaba desde la parte de atrás del restaurante. Era Antonio, un muchacho venezolano de origen italiano que iba en el grupo y al ver que no me movía de la barra, insistió:

—Mira quién está aquí. Y dice que quiere hablar contigo —gritó—. Oye, es Gabriel García Márquez, y dice que vengas —insistió varias veces.

No le creí a Antonio y seguí esperando por mi mojito.

—Dice Gabo que si no vienes, se va a tener que ir —siguió diciendo Antonio.

Al acercarme descubrí que se trataba nada más y nada menos que de Gabriel García Márquez, ya para entonces el más importante escritor de Colombia.

—Me dicen que entrevistaste a Turbay Ayala —comentó Gabo a manera de saludo.

—Es cierto. De hecho, es la única entrevista que dio antes de posesionarse como presidente —dije con orgullo, ya que pasando por encima de muchos veteranos con más derecho a piso, había conseguido la primicia periodística.

—¿Qué te dijo en la entrevista? —preguntó el escritor, haciéndome saber que en Cuba no tenía acceso a la prensa colombiana.

—Bueno, todo lo que me dijo salió publicado hoy en *El Tiempo* —le respondí, sin haberme enterado todavía de que en Colombia el artículo había alcanzado mucho revuelo cuando un editor lo tituló: "Gobernaré sin mujeres", una frase que había sido tomada de la entrevista. El encabezamiento en la primera página del periódico despertó protestas por parte de los grupos feministas que durante el gobierno anterior, del presidente Alfonso López Michelsen, habían visto su época de oro debido a que el mandatario les había dado a las mujeres cargos tan importantes como el Ministerio de Trabajo, y varias gobernaciones.

A todo lo que yo iba narrando sobre lo que había dicho Turbay Ayala, el escritor, que vivía en ese entonces en México, escuchaba atentamente, y me hacía preguntas. Pero cerca de media hora más tarde el grupo de personas que lo acompañaban, y que estaban en otra mesa, empezaron a salir.

Entonces le pedí que me ayudara en mi propósito de entrevistar a Huber Matos, si es que aún estaba vivo en una cárcel cubana.

—Claro que está vivo —me dijo—. Pero te ayudo a verlo si tú logras que el gobierno permita a unos periodistas norteamericanos entrevistar a los presos políticos en las cárceles de Colombia.

—Trato hecho —le dije mientras él se dirigía a la puerta seguido por su grupo de amistades.

Mientras el automóvil en que se transportaban se perdía en la noche, el joven venezolano que con algunos de sus compañeros de viaje había escuchado la conversación, soltó una certera observación:

—Eres la única periodista que se encuentra con García Márquez y en lugar de entrevistarlo, se deja entrevistar por él —me dijo soltando una carcajada.

Un par de meses después, estaba yo en la redacción del periódico en Bogotá cuando recibí una llamada. Era García Márquez.

—Estoy en el aeropuerto, de paso hacia Brasil. Si quieres puedes venir y te hablo de mi demanda a una compañía brasilera que anuncia que yo he escrito mi libro en una máquina de escribir de su marca.

Cuando llegué, estaba acompañado por doña Mercedes y su hijo Rodrigo, quien salía en otro vuelo con distinto rumbo.

Gabo me saludó en broma:

—¿Por qué quieres matar a Fidel? —me preguntó.

Sin duda, hacía alusión al artículo de una página que escribí días atrás para *El Tiempo* y que había titulado "La nueva Cuba: entre la revolución o el exilio", en el que, aparte de varias observaciones sobre lo que había presenciado, hacía alusión a mi búsqueda infructuosa de la casa de Fidel Castro, y de las interrogantes que existían sobre si Matos estaba vivo.

Meses después, presenté el artículo sobre Cuba a un concurso de la Inter American Press Association, junto con una crónica sobre unas piyamas para niños elaboradas a base de unas fibras que repelían el fuego, pero que al descubrirse que producían mutaciones en las células y posiblemente cáncer, se dio orden de retirarlas de las tiendas en Estados Unidos. Su fabricante las guardó en grandes bodegas, pero unos meses después las estaba vendiendo en América Latina. "Lo que es dañino para los niños de Estados Unidos, también es dañino para los niños del mundo", reflexionaba mi crónica. Resulté ganadora de una beca de la Inter American Press Association con la John S. Knight Foundation y *The Miami Herald*, que pertenecía en ese entonces a la familia Knight. El premio me daba la opción de escoger una universidad de Estados Unidos o de Canadá y opté por la Florida International University, en Miami.

Mientras adelantaba mis estudios, uno de los profesores de la facultad de periodismo me vinculó con la revista *Caribbean Review*, que había fundado Barry Levine, un destacado profesor de sociología con mucho interés en asuntos hemisféricos. Su revista enfocaba temas políticos de América Latina y en la junta editorial tenía figuras como el dirigente panameño Ricardo Arias Calderón, el ex presidente de Costa Rica, Daniel Oduber, y los escritores del exilio cubano, Carlos Alberto Montaner y Reinaldo Arenas. En búsqueda de equilibrio en la llamada política de "Espadas cruzadas" de la publicación, Barry quería una figura de izquierda como García Márquez.

—Deja ver si acepta —le respondí a Barry.

Al día siguiente llamé al escritor a su casa de México. Habían transcurrido cuatro años, pero cuando le dieron mi nombre pasó al teléfono.

—No, no y no. Dile que le acepto si bota a toda la gente que tiene y me deja a mí solo —fue la respuesta de García Márquez, soltando enseguida una carcajada. Y luego agregó—: No era en serio. En realidad yo estoy en México y no tengo tiempo de estar vinculado a una revista, en Miami, y en inglés.

Barry no dio su brazo a torcer, y por varios años siguió con su propósito de intentar convencerlo, dentro de un simpático intercambio entre el académico y el escritor similar al que veinte años más tarde realizaría el productor de cine Scott Steindorff hasta salirse con la suya consiguiendo los derechos de *El amor en los tiempos del cólera*.

—Insiste, tal vez acepte —me decía Barry mientras yo daba por seguro que Gabo no tenía interés en vincularse con la revista.

Sin embargo, un día recibí una llamada de Gabo. Pensé que había cambiado de idea sobre la revista. Pero enseguida me di cuenta de que tenía otro motivo.

—¿No te interesaría entrevistar a la maestra que me enseñó a escribir? —me preguntó.

—Por supuesto. Pero no puedo viajar a Aracataca —le dije mientras mentalmente pensaba que la oferta era un hueso periodístico, ya que por la amistad de García Márquez con el gobierno de La Habana posiblemente no encontraría ningún editor en Miami interesado en esta entrevista.

—Ella está en Miami. Creo que se está quedando donde unas colombianas de apellido Aycardi —explicó.

—Me parece que puedo localizarla —respondí.

Antes de colgar, le pregunté:

—Gabo, disculpa… Tú escribes en *El Espectador* y yo en *El Tiempo*. ¿Por qué me das a mí esta entrevista, y no se la das a alguien de tu diario?

Hubo un minuto de silencio, y después unas palabras que aún atesoro y agradezco:

—Porque nadie la escribiría como tú —me dijo.

Me quedé casi sin aliento. Sabía que era un hermoso cumplido, generoso.

Teniendo en cuenta que Aycardi no es un apellido muy común, algo me decía que podía llegar a ella. De hecho, tenía amistad con la periodista Rosie Aycardi, directora en ese entonces de la revista *Coqueta*, una desaparecida publicación juvenil del grupo De Armas (hoy Editorial Televisa). Yo trabajaba con Cristina Saralegui, de la revista *Cosmopolitan* en español, pero había colaborado con la revista juvenil entrevistando a Julio Iglesias, Timothy Hutton y Tom Cruise.

Seguramente, pensé, Rosie puede darme una pista para encontrarla. Ella es una Aycardi de origen barranquillero y a lo mejor Rosa se aloja donde algún pariente suyo. El resultado de mi pesquisa fue una mezcla de suerte y casualidades de la vida. Cuando llamé a mi amiga para preguntarle si conocía a Rosa Fergusson, me dijo que se estaba quedando en su casa.

—Llámala más tarde porque en la mañana toma clases de inglés —explicó Rosie, quien no imaginaba en aquel entonces que poco más de un año después se casaría con Barry Levine, editor de *Caribbean Review*, la revista política en la que yo trabajaba como gerente editorial.

Cuando un par de horas después hablé con Rosa por teléfono, se mostró reticente. "No hablo con la prensa", me dijo. Pero al escuchar que Gabo me había pedido que la entrevistara, aceptó a reunirse conmigo.

Invité a la maestra a almorzar un domingo al hotel Fontainebleau Hilton de Miami Beach, donde mis dos pequeñas hijas podrían disfrutar de la piscina mientras yo hacía la entrevista. Fue así como, en un ambiente tropical de playa y mar, esta excepcional mujer me fue abriendo su corazón mientras recreaba las historias de su vida en Aracataca, ese pueblo tan íntimamente suyo como también lo fue para el famoso escritor.

—Quiero mucho a los Estados Unidos —me dijo cuando le pregunté por ese empeño, a su edad, en aprender inglés—. Me gusta la forma de vida y el modo de ser de los americanos porque me crié entre ellos. En Aracataca yo siempre asistía a las fiestas de la United Fruit Company. Ahora, cuando Gabito ha realizado el sueño de su vida, yo también he coronado una gran ilusión: siempre había querido hablar inglés y ahora lo estoy aprendiendo. Así nació la entrevista que inicialmente envié a *El Tiempo* de Bogotá, periódico en el que me desempeñaba como corresponsal en Miami. Esperaba ver el artículo publicado con gran despliegue, como ocurría con la mayor parte de las corresponsalías que yo enviaba al diario. Sin embargo, para mi sorpresa, dos semanas después, la entrevista no había salido publicada o, como se dice en Colombia en el argot periodístico, me la habían "colgado". Decidí probar suerte por otro lado y le envié la entrevista a Carlos Lareau, director de la oficina de la agencia EFE de España en Miami, para quien ya había hecho algunas colaboraciones. Terminó anotándose un batazo periodístico debido a que pocos días después se anunció la noticia del Nobel de Gabo y la agencia informativa española distribuyó la entrevista por todo el mundo. En Colombia, el artículo fue publicado por *El Espectador* pero no apareció con mi nombre sino con el cintillo de un diario mexicano que lo publicó con gran despliegue. La omisión de mi nombre en el diario colombiano era comprensible, por mi vinculación entonces a *El Tiempo*, su mayor rival.

Con la difusión de la entrevista por EFE, como por arte de magia empezaron a llover las ofertas de publicaciones internacionales interesadas en que les enviara una nota sobre la maestra, incluyendo la revista *Vanidades*, editada en Miami, y *Semana* de España, aparte de los medios europeos y latinoamericanos que reprodujeron la entrevista. Rosa y yo empezamos a reunirnos los fines de semana, y hasta accedió a una sesión de fotos para *Vanidades*. A ella le gustaba contar historias, y lo hacía como nadie; tal vez por ese motivo un día se me ocurrió que, considerando su avanzada edad, el testimonio de la maestra sobre el mundo en el que vivió el gran escritor podía ser de mucho interés en un futuro. A fin de cuentas, ella había estado inmersa en esa realidad que le había dado vuelta al mundo en la literatura bajo el nombre de Macondo. Le dije que esa realidad que guardaba en su memoria no sólo era de interés para muchos, sino también para el propio Gabito, quien seguramente desearía conocer esa realidad más allá de lo que él pudo captar con sus ojos de niño. En un principio tuvo dudas.

—A Gabito seguramente le gustaría conocer tus remembranzas —le insistí. Pero sin darme cuenta, ya había abierto la puerta a esa posibilidad. "Gabito" había sido la palabra mágica.

—Hazlo, pero no lo publiques hasta cuando yo me haya marchado. De no ser así, la prensa no me va a dejar tranquila —respondió añadiendo que ella siempre había preferido el anonimato y que seguramente habría conseguido pasar inadvertida toda su vida de no ser porque un periodista fue a Aracataca y consiguió que sus hermanas Isabel y Altagracia le revelaran su papel como maestra en la vida del escritor, y también su teléfono.

—Desde que me descubrió, me le escondo, porque como todos los periodistas, no me deja en paz.

Fue así como en nuestras reuniones el tema de Aracataca comenzó a ser una constante. Y cada vez que hablaba de su pasado, sus ojos se iluminaban y su alegría se hacía contagiosa. Era como si la juventud le regresara al alma.

No obstante, a pesar de su empeño en mantener su vida lejos de la luz pública, una tarde, cuando fui a recogerla para cenar, me entregó tres páginas escritas de su puño y letra sobre su método de enseñanza con el sistema Montessori e instrucciones de que un día, cuando ya ella se hubiera marchado de esta vida, las entregara a Gabito. Quería que en lo relativo a la enseñanza, esa parte tan importante de su vida, su método llegara de una forma fiel a otras maestras y, de esa forma, beneficiar a otros alumnos.

—Creo que es importante que tengas esto porque de lo contrario en un futuro nadie va a creer que te conté mi historia. Así nadie podrá dudarlo. Pero no me olvides; quiero que gracias a ti mis nietos y biznietos sepan de mi vida; que por su sangre corre la vocación de maestra, la que ayudó a estimular la imaginación de un premio Nobel —me dijo haciendo énfasis en la importancia de ayudarla a difundir su método.

Después, Rosa regresaría a Bogotá. Varios meses más tarde traté de ubicarla en el apartamento del barrio Pablo VI, donde me había dicho que vivía, pero nadie contestó el teléfono. Con la intención de verla en un viaje a la capital colombiana, volví a llamar al teléfono que yo conservaba, pero me explicaron que ya no vivía allí y no sabían nada de ella. Yo también me mudé en Miami de apartamento y de teléfono unas cuantas veces, así que si Rosa trató alguna vez de hablarme, no pudo hacerlo, aunque realmente podía haberme ubicado a través de nuestras mutuas amigas, las Aycardi, quienes tampoco volvieron a saber de Rosa. Al final, nunca nos vimos de nuevo.

El tiempo pareció cubrir con un manto de olvido su historia hasta la más reciente de mis mudanzas, en agosto del 2008, propiciada por la debacle de los bienes raíces en los Estados Unidos. Por años, había empacado mis archivos sin revisarlos. Simplemente cambiaban de lugar, pero en la medida que pasaban los años aumentaban en proporciones extraordinarias. Pensé que había llegado el momento de seleccionar lo importante y botar lo que ya no era necesario. A pesar de que hacía tiempo no guardaba mis artículos de prensa, que sin exagerar llegan a miles, y que había ido "purgando", descubrí varias notas sobre entrevistas que escribí en el pasado y ya no tienen trascendencia alguna, fotos de amistades en fiestas ya perdidas en el tiempo, minutas de la primera reunión de indígenas y ambientalistas en el Amazonas peruano, cartas de recomendación de mis antiguos empleadores y hojas de vida obsoletas. También una serie de documentos sobre figuras de la historia que me han interesado, incluyendo entrevistas para un libro que he querido escribir algún día sobre el médico panameño Hugo Spadafora, asesinado por orden del general Manuel Antonio Noriega; otro libro que tengo engavetado del ex dirigente nicaragüense Edén Pastora, mejor conocido como el "Comandante Cero" y varias copias en microfilm de *The New York Times* con noticias del héroe filipino Emilio Aguinaldo, un nacionalista que amaba apasionadamente su país y luchó contra España y Estados Unidos.

De alguna forma, un mundo de personajes e intereses compartiendo espacio en mis archivos: el ambientalista Robert F. Kennedy con el ex gobernador de la Florida Jeb Bush; algunas postales que me envió Celia Cruz durante sus giras por el mundo; reminiscencias de mis casi tres años como jefa de prensa de José Luis Rodríguez "El Puma", y una serie de notas sobre el genial escritor brasileño Paulo Coelho a quien entrevisté en Río de Janeiro. Al mirar la fotografía que le tomé, no pude evitar una sonrisa. "Cuando vi tu cámara pensé que se me había colado una fanática", me había dicho en broma antes de invitarme a cenar a un restaurante de la avenida Copacabana con su esposa Christina en una noche inolvidable y fascinante como el gran autor brasileño.

Me di cuenta de que en vez de estar deshaciéndome de cosas, más bien estaba disfrutando con los recuerdos que estos papeles, ya amarillos por el tiempo, me traían. En un archivo con algunas viejas columnas y recortes de Gabriel García Márquez surgieron las transcripciones de las entrevistas que le había hecho a Rosa Fergusson y un par de páginas en las que se leía un mensaje escrito a lápiz para su famoso alumno. Recordé que, pensando tal vez que ya no viviría muchos años, Rosa me había advertido que solamente lo hiciera llegar a su destinatario "después de que yo me vaya", significando su partida definitiva de este mundo.

"¿Qué habrá sido de Rosa?", pensé, imaginando que estaría rondando los ochenta y tantos años ya que, prodigiosa en sus recuerdos, le fallaba la memoria cuando le preguntaban la edad y yo no había logrado jamás desentrañar ese misterio.

Algunas veces en el pasado había intentado descubrir su paradero en Google, siempre con resultados negativos. Decidí volver a intentarlo. Esta vez, la encontré. Pero fue una noticia triste. Decía que había fallecido en el 2005, a los noventa y seis años, en Medellín, la ciudad en la que había vivido con una de sus hijas durante los últimos años. Agregaba la nota que la maestra gozaba de muy buena salud y se había ido con la misma discreción con que había vivido, mientras dormía.

Era el final de su vida, pero no el final de su historia, que me inspiró a escribir.

Descansa en paz, Rosa. Otros maestros podrán ahora aprender de tus métodos de enseñanza y otros niños serán más felices al descubrir el mundo a través de sus sentidos; los románticos se identificarán en alguna etapa de sus vidas con tu maravillosa historia de un amor imposible, tus hijos recordarán tus desvelos, tus nietos podrán contar que su abuela fue la mejor maestra y tu querido alumno dirá que estabas en lo cierto cuando anticipándote a tu partida le dejaste un ramillete de recuerdos:

Cuando Gabito lea esto recordará, quizá sí con nostalgia, aquella feliz etapa de su vida, su Montessori donde su profesora lo enseñara con tanto esmero y en donde él aprendió y se distinguió como el mejor alumno.

GABRIEL GARCIA MARQUEZ

Mi querido maestro: lástima que no mandaste tu teléfono en Miami. Nos vamos de Mexico esta semana pero estaremos de regreso la primera semana de setiembre. Espero encontrar aquí en mi apartado 20736, Mexico 20, D.F., un papelito tuyo con el numero del teléfono, para llamarte y coordinar tu viaje a Mexico. Abrazos,

GABRIEL

20. Jul. 92

ÍNDICE

La maestra y el nobel, de Beatriz Parga
se terminó de imprimir en mayo de 2015
en los talleres de Litográfica Ingramex, S.A. de C.V.
Centeno 162-1, Col. Granjas Esmeralda,
C.P. 09810 México, D.F.